别人的心是幽暗的森林。

湖 岸
Hu'an *publications*®

湖岸
Hu'an

幽暗的森林

流马 著

GUANGXI NORMAL UNIVERSITY PRESS

广西师范大学出版社

· 桂林 ·

图书在版编目(CIP)数据

幽暗的森林 / 流马著. — 桂林：广西师范大学出
版社, 2022.3
ISBN 978-7-5598-4712-6

Ⅰ.① 幽… Ⅱ.① 流… Ⅲ.① 短篇小说 – 小说集 – 中
国 – 当代 Ⅳ.① I247.7

中国版本图书馆CIP数据核字(2022)第018242号

YOUAN DE SENLIN
幽暗的森林

作　　者：流　马
责任编辑：莫久愚
特约编辑：刘　会
书籍设计：王柿原
内文制作：常　亭

广西师范大学出版社出版发行

广西桂林市五里店路 9 号　邮政编码：541004
网址：www.bbtpress.com
出版人：黄轩庄
全国新华书店经销
发行热线：010-64284815
北京中科印刷有限公司印刷
开本：880mm×1230mm　1/32
印张：8.5　字数：180千
2022年3月第1版　2022年3月第1次印刷
定价：52.00元

如发现印装质量问题，影响阅读，请与出版社发行部门联系调换。

目录

舌头

国王决定给王子举行盛大婚礼，迎娶远途跋涉而来的流泽公主。整个城邦张灯结彩，每个路口都挂上红色绸缎和竹皮灯笼；尤其在中央大道，建造了一座高大的天桥。天桥全部由红绸裹着，使人无法确知它究竟是用什么材料建筑而成。远远看去，它似乎有铁的沉重，又有灯笼一样的轻盈。

这一天，著名说书艺人胡兰纯也被允许在天桥下从事艺术活动。这个两片嘴唇长期贴着封条的老艺术家，可以通过城邦的传声筒，直播自己的说书专场。他是一个无所不知的人，正是因为这样，他的嘴才领受了一张御赐封条。这个封条除非有国王命令，任何人都不能撕掉。他的三岁小儿，因为好奇父亲嘴上的封条，想把它撕扯下来，结果遭到国王的棒杀。

自从贴上封条那一天起，胡兰纯便不再说一句话；幼子的天亡也没能使他过于悲痛。他爱惜自己的性命，他不能再发出哪怕是毫无意义的一个音节。虽然已无法用嘴来获取食物，但可以练习鼻子的呼吸。哪怕只嗅到一丁点饭菜的香味，他就算吃饱喝足了，然后以睡眠抵抗衰老。一次小小的风寒，他患了鼻炎，又尝试用眼睛吃饭，一样食物，只需看上一会儿，就算吃饱喝足，又可以睡觉了。

胡兰纯一天不死，国王就有一天的焦虑；尽管他已经遵命闭嘴，但他怎么可能真心服从呢？如果真服从了，他早就应该饿死才对；他既然千方百计钻研各种吃饭的新办法，那就说明他不想死，他想和国王比谁活得更长久。但国王不能无缘无故杀一个人，他知道即便是封嘴，也已经激起长久的民愤了。

人民因为缺少了胡兰纯的说书艺术，生活了无生趣。在长久劳作之后，因为没有故事可以听，他们纷纷患上厌食症，对生活失去胃口。夜晚降临，不能自己创造娱乐的人民极度无聊。每天都有人因为厌倦而自杀，每天都有女孩被夺去童贞，每天都有男人打架流血，夫妻的性生活也更加频繁。每天飘扬在大街上的是年轻人淫浪的欢呼、老者深度失眠的呻吟和襁褓中婴儿无法入睡的嚎叫。每天都有妇女怀孕，每天都有孩子降生。

国王走在这样的城邦大道上，总是心潮澎湃，思绪万千，他意识到要把事情做得绝对安全，还必须废除胡兰纯能够喝酒吃饭的眼睛，于是派人送给他一包石灰粉，结果艺术家的眼睛也瞎了。但胡兰纯仍然有办法，他同时锻炼自己的听觉和触觉。一样食物，只要想办法让它发出响声，或者能够用手摸上一摸，那也能吃饱喝足。国王最终没有了办法，而胡兰纯活得依然结实，即使他所有的亲人都被变着法地处死，他依然活得自在。能吃能睡，就有希望。

现在，国王的儿子要结婚了，结亲的流泽王要目睹民间艺术家的风采。为了儿子的婚姻大事，他也只得下达命令，解除对胡兰纯嘴的封禁。开禁那天，万民出街，纷纷观看这空前绝后的盛况。国王的钦差用一种特殊药水稀释粘贴封条的强力胶，御制封条被完好无损地收回。但令人失望的是胡兰纯已经没有嘴了，他的两片嘴唇已经严丝合缝地生长到一块。尊贵的客人当然不想看到没有嘴的艺术家，城邦也不能允许没有嘴的艺术家存在。他用那把历史上最有名的匕首，在胡兰纯鼻子下面，重新切割出一张嘴。新嘴鲜艳欲滴。然后，还要再造一条舌头。原来的舌头早在三岁小儿被棒杀那天，就被胡兰纯咬断吞到肚子里；即使有了新嘴，他也只是个哑巴而已。国王本来想割一条疯狗的舌头给胡兰纯安上，又怕疯狗的舌头传染给胡兰纯疯狗一样到处乱咬的性格，还想割一头猪的舌头安上，但又担心猪的愚蠢丢了城邦的颜面，最后想来想去，还是觉得人的舌头最安全。他好歹弄了一条老实人的舌头安到胡兰纯的嘴里。

在天桥下面，胡兰纯正调弄着怀里那根奇怪的乐器。那是一只约有一米长的圆筒，一端封口，另一端则敞开。胡兰纯说书时，会不时用手拍打封口的那一端，而声音则从敞开的另一端蹦出。

那声音像鼓声，却比鼓声更清脆。还在少年时代，我就对这个圆筒充满好奇，那时常想，这个人为什么老是抱着那根胶皮管子敲打个不停呢？假使果真将玉米粒放进那筒子里，说不定还能够爆出一些爆米花来；而我确是吃着爆米花听书长大的。

他的新嘴明显还没有发育好，或者永远也发育不好了；就像在西瓜上胡乱捅开的一个口子，并非流线型的边角加速着溃烂，一些蛆虫在那里进进出出。他试图开口说话，努力分开四周的烂肉；他发出吸溜吸溜奇怪的声音，要努力收回吐出来的舌头，但新接上的舌头却像一团发面一样垂落，长长地挂着，再也收不回去。我在那里站立了很久，无所事事，便走过去，像卷画轴一样帮他卷起舌头，塞进他的新嘴里。作为报答，他把那根胶皮管子做成的乐器送给了我。

这件乐器大概是刚从土里扒出来的，外皮一圈圈纹路里挂满结成厚痂的泥土，轻轻拍打打不掉；使劲在地上摔，那些硬痂才有些裂痕，继续摔，它们才片片脱落。在没有封口的那一端，伴随着大量泥土倾倒出来的，是一些黄豆、花生或者玉米残缺的颗粒，然后，还有老鼠的尸体和几条扭曲的蚯蚓。另一端封口的牛皮已经漏洞百出，筒身上也有无以计数的破洞，那都是地下虫子经年劳作的成果。随手拍打破牛皮，嘶哑嘈杂的声音通过所有的漏洞向筒身四周爆响。这件曾被老鼠当作储藏室的奇妙乐器简直无与伦比。

　　说到我与国王家族的恩怨，只有胡兰纯最清楚。在他不断地增删润色之下，我的家族与国王家族之间，漫长乏味的争斗，早就变成他一肚子的传奇故事。历史上你杀我、我杀你的那些祖辈，在他嘴里个个是英雄，人人皆好汉。很小的时候，我就从胡兰纯那里知道祖先的各种神迹。封嘴这么多年，那些故事在肚子里应该打磨锤炼得更加精彩了吧。不管怎么说，在他嘴里，我的祖先应当比二十年前更加勇猛伟大，而二十年后也理应为我的事迹续上一笔。虽然我这一代，已经难以在城邦立足，跑到大河对岸的龙山里去，但至少，我时刻没有忘记复仇，尽管我并不知道这仇恨究竟是什么。

　　婚礼进行之前的大街如此安静，正如一切庄严仪式一样，这对我的复仇来说，也是一样的。我在这里如此长久地站立，不就是为了那最后的一击么？刚下过一阵急雨，平坦干燥的黄土路瞬间泥泞起来，我走过泥泞的大街，以脑袋的高度目测天桥，它确乎高大；然而当我半个身子穿过天桥时，屁股竟然被硬硬地卡在下面了——我竟然因为屁股太大，没能顺利从天桥下昂首走过。我被天桥——国王预制的陷阱钳制住，已经成了一半的俘虏。我一边感到恐惧窒息了呼吸，一边叹息着宿命；尤其痛恨着一生不曾意识到的大屁股。我怎么会有这么大的屁股呢？真不知道对复仇者来说，这是悲剧还是喜剧。

锣鼓喧天，人群潮水般涌上街头，争相目睹流泽公主的绝世容貌，争相为国王家族的喜事欢呼雀跃，仿佛是他们自家的女儿出嫁一样。而国王正为精心设计的陷阱暗自得意，在这个大喜之日，能够拔掉眼中的钉子骨头里的刺，他只有大呼痛快。不得不承认，我报仇的心思过于急切了，忘记思量天桥建造的不通情理，这样一个想法低级用意暴露的陷阱竟也没有被识破。我的仇人和流泽王互相拉着手，在人群的簇拥下来到我面前。我被天桥压得只有趴在地上，我只有等待他们的走近，我只有眼巴巴地接受命运。我全身陷在泥水中，仿佛消失了一样，只有脑袋尚在泥水之上漂浮。我作为婚礼的一部分，被展览起来。

婚礼在天桥下举行，流泽王观摩胡兰纯的艺术表演。胡兰纯在最短的时间之内练就了一门新手艺——吐舌头。在我帮他把舌头塞进嘴里之后，他似乎从我卷舌头的动作中获取了灵感，现在竟然能够将舌头收卷自如了。他的表演匪夷所思，闻所未闻，舌头的动作越来越复杂，越来越精彩，可以上翘，可以打旋，可以像蛇一样蜷曲，还发出各种奇怪的声音：吸溜吸溜，呼哧呼哧，呵啦呵啦，吧嗒吧嗒，啧啧啧啧，啊啊啊啊，叽叽喳喳，呱呱啾啾，哦唉哎呀……流泽王对胡兰纯的表演叹为观止，跑过去捋着他的舌头，久久不肯放手。国王也没见过胡兰纯这类表演，吃惊得嘴都合不上，舌头不自觉地伸出来，再也无法收回。

国王下令，只要满足他两个要求，我就可以获得自由。一、代替胡兰纯为流泽王表演说书艺术；二、割掉胡兰纯多才多艺的舌头，呈贡给喜爱这条舌头的流泽王。其实在被天桥卡住我的大屁股时，我就抱定必死之心；我意识到应该忘记仇恨，不再反抗，将生命交付给神秘的决断者。我知道，我反抗，反抗不过神秘的决断者。最痛快的方式是被仇人手刃而死；退而求其次，即使仇人开出条件，我也应羞愧交加，咬舌自尽。我这样想着，但自由的诱惑却让人眩晕。我不得不承认，与其说我迷醉于复仇，毋宁说我迷醉于艺术。我真正热爱的无非是胡兰纯的说书艺术而已，而十几年来背井离乡的所谓复仇，无非是痴迷者的梦游。

年轻说书艺人，在天桥下面，撅着硕大的屁股，怀抱那件乐器，恍然进入迷离的故事丛林……原来我早已身败名裂，所谓躲进山林，韬光养晦，伺机复仇仅仅是一个借口。我在这个城邦根本就没有什么家族渊源，没有父母，没有近亲，仿佛就是土里钻出来的，石头缝里蹦出来的，老鼠洞里爬出来的。我就是老鼠的后代，即使变异为人，也没有改变行为猥琐，鬼鬼祟祟的劣性。每当我走过大街，他们总是敲锣打鼓，手持铁器，仿佛我是他们的杀父仇人。只有在听胡兰纯说书的时候，我才有一点点幸福和幻想，暂时忘掉自己，而成为书中英雄家族的后裔，金戈铁马，血肉横飞。直到人群散去，又意识到自己不过是潜伏在草窠里的老鼠，时刻梦想的，仅仅是潜入胡兰纯那件乐器中，在暗无天日中，老死天年。

　　他们终于还是对我动手了。我被逼到冰雪消融的大河之上，暖风带来巨冰破碎的声音，冰封沉寂的大河瞬间奔腾喧嚣，万千浮冰顺流而下，碰撞挤压，鬼哭狼嚎。我站在一块疾驰的浮冰上面，躲避岸上密集的子弹。一排一排的人涌上大堤，一排一排的子弹射向浮冰，那些中弹的冰块也在流血，浓黑的腥红。融化的大河在浓黑的猩红中急速奔流，浮冰的尸体遍布我周围，它们已经没有了呻吟，即使发生碰撞，也只有寂静之声在耳边，游丝一样虚无。脚下的巨冰虽然没有中弹死去，但却一点点地变薄变轻，像被刀子一层层刮去了厚度，像蝉的翅膀被风一吹就将破损。他们那种将巨冰都能打死的神枪，到我手中却成了一把弹弓。他们的每次射击都能产生巨大爆炸，而我射出的子弹，却像暗夜里的萤火虫一般飞到敌人的怀里，荧光消失，雪花融化，而他们安然无恙。我只是徒劳地斥弹弓放飞无数萤火虫。在永无休止的漂流中，我烂醉如泥，赤身裸体，无数的冰碴像飞镖一样溅到我的皮肉中，一边喝酒，一边流血，一边放萤火虫。萤火虫飞去又飞来，荧光忽然巨大而强烈，照亮我遍体鳞伤的裸体，咔嚓咔嚓奇怪的声音仿佛来自水底。战争在这巨大的荧光中奇怪地结束。我悄悄上岸，斗胆走进城邦的小巷，楼上的姑娘向我喊着：亲爱的英雄，难道你还不知道吗？国王已经下令，你只有不穿衣服，才准许上街行走。你根本不配衣服这个伟大的名词，你只不过是一个寂寂无闻的城邦兵士，受到民间艺人的教唆与迷惑，以为你自己就是那仇深似海的英雄，而竟然忘记了自己与生俱来的大屁股。记着，那正是你，一个鼠辈的象征。

不知道怎么回事，乐器已经转移到国王的手中，然后传递到流泽王的怀里。他对这件乐器同样爱不释手，表现出一个垂涎者应有的丑态。国王将那把历史上最有名的匕首交给我，我也立刻清楚了自己的使命。我将胡兰纯那条多才多艺的舌头割了下来，敬献给乐于此物的流泽王。

奇迹终于发生了，胡兰纯嘴里伸出一条新的舌头。流泽王立刻扔掉手中的那一条；而我只有再割一次。但流泽王永远喜欢长在胡兰纯嘴里的那条舌头，我也只有永远一条条地割下去。在流泽王的脚边，丢弃的舌头已经一左一右堆成两座小塔，但胡兰纯的舌头仍然一茬茬地伸出，继续显摆自己吐舌头的奇妙把戏；不仅如此，他全身许多重要的关节，都长出一张张新嘴，吐出一条条更加多才多艺的舌头。两只手心里已经各有一张嘴在玩弄舌头，裸露的两个膝关节也各有一张嘴在玩弄舌头；他胸前的上衣一鼓一鼓的，似乎有三只老鼠在怀里跳来跳去；剥掉他的上衣，看到他的两个乳头和一个肚脐也都变成了嘴巴，也在玩弄他不断吐出的舌头，多才多艺的舌头。

割舌头的工作加重了数倍，但我仍然看不到结束的迹象。

蝙蝠记

　　我在老国王的头上盘旋。他大腹便便，嘴里喷出辛辣的臭味。他确乎老了，以至于总是用他夹着名牌香烟的黄手指在头顶上挥来挥去，决心要将我赶走，将我满嘴不祥的言辞砍为三截，一截扔给麻雀吃，一截赠予老鼠洞，一截完全当成他自己肠子里的臭气，赶快用被子捂住，并警告我说：不许放屁。我扇动我的翅膀，不离他头顶周围，使他感到眩晕，感到老之已至。你真是一个幽灵啊，一个烦恼的幽灵。他边走边对我讲。我们走过密林，走过黑色的夜晚。唔，夜晚可不就是黑色的么？我说，我也是黑色的，我的翅膀也是黑色的，我掀动翅膀撵不走黑色的夜晚。他"黑黑"笑着，他的笑声也蘸满我翅膀上挥洒出来的颜色。我扇动翅膀，使这世界越来越黑。

　　老国王带领我去参观他的理想国。我们穿过密林，看见一个明亮的洞口。无数火把与灰尘带领我俩走进这个幽明之洞。铁索与铁门，吱呀的门响与只有喉结处才能发出的恐怖声音，响彻在无底的深洞中。我们穿过一扇门，再一扇门，那些衣衫褴褛的看守为我们站岗。老国王在行走中步伐愈加矫健，仿佛回到久远的青春。这才是我的时代，我的理想国。他对我说，血与火的淬炼，使我永不衰老。我在他的头上盘旋，无数的灰尘落满我的翅膀。我对这理想国的灰尘充满仇恨。走到一个拐角，他突然神秘地消失了。我的翅膀下面，是一片虚空。他没有听完我最后的训诫。我转回到来的方向，向那一扇扇的铁门飞去。那些铁门正按照次序一扇扇关闭。我努力加快滑翔速度，计划赶快逃离理想国。我从来没有想过要来这里，也从来没有想过要在理想国中居住。老国王的神秘消失对于我多么像是一个诡计。我打算在门将要关闭的最后缝隙中穿过去，穿过去，直到最后一道门。那些衣衫褴褛的守卫者全都聚集在门下。他们手执火把与铁杖等待我的袭来。在他们的背后，最后一道铁门徐徐关闭。我在那最后的缝隙中，依稀看到老国王阴鸷的笑容。我想，他将独自穿越那片密林，回到自己的被窝里去。从此，再也听不到我的一切不详预言，那些恶臭的肠气也将被紧紧地捂在被窝里，直到被窝发生爆炸的那一天。

那些明火执仗者，在每个角落搜寻我的翅膀。他们只要打折我的翅膀，一切便结束了。可是，我最擅长的就是躲藏的本领。那些黑暗的角落正是我的家。那些无休止的灰尘，正是我的眠床。我收起翅膀，蜷起肢体，倒挂在虚无中。他们的火把无法照亮我的黑暗，我的翅膀有足够的力量吸纳那微弱的光亮。然而他们没有疲劳，他们每时每刻都在搜寻。我不断转换着藏匿之处，我贴着山洞的顶壁悄悄转移。我在多次的惊吓中度过无数个夜晚。啊，这里没有白昼，尽是夜晚。无数个这样没有尽头没有白昼的夜晚。

终于有一天，我收起翅膀，落在他们的火把照耀之中，和许多类似的人关在一起。那既像一座监狱，又像一间教室。后来我知道，这样的狱室不知道有多少间。我端坐在狱室中，翅膀有时还会伸出来。我将如何停止我要飞翔的欲望，我要如何压抑将那黑暗与不详的预言昭告天下的欲望。衣衫褴褛的管教者手持教鞭在讲述理想国的理想，讲述锁链不但可以管束身体，还可以禁锢灵魂。但他没有讲述翅膀，没有讲述翅膀如何越过高墙。我听着听着，终于压抑不住收缩太久的翅膀。我的翅膀，在收缩时，可以对折九次，当伸展时，这间教室，如何能够伸展得开？我一伸展我的翅膀，整个教室都被笼罩在黑暗中。我一飞翔在众人的头顶之上，他们都睁开惊恐的眼睛，流出懦弱的泪水。我不曾怜悯这一切，陡然冲出教室，飞到我们平时放风仰望天空的天井中去。

天井中平白竖起一座高楼。楼很高大，望不到顶端，但楼层却那么低矮，矮得甚至不能容纳我横躺着的身躯。这是一种惩罚。像我这样逃跑出来的人都要接受这样的惩罚。已经有不少人在高楼的外墙上攀爬，他们要在上面找到一个自己能够钻进去的格子，然后钻进去，在地板和天花板之间，平躺着的身躯甚至不能翻身。他们的呼吸遭到拒绝，很多人在这种惩罚中死去。那些爬上爬下的人始终找不到适合自己的格子，而或者始终不愿爬进那些格子，遭受窒息的惩罚。他们知道，他们钻进去，便没有了出来的可能。可是还是有很多人找到了自己的格子，并且爬进去。他们在找到格子的时候，通常会回过头来，俯望大地，但并不能看到高墙之外的辽阔天空。天井的高度，至今还没有人精确地测量过。我也要遭受这样的处罚。我展开翅膀，一下就飞越了不知道多少格子，但仍然没有飞到绝顶的希望。我想我不能钻进这种令人窒息的格子里去。这座令人讨厌恶心的高楼，外观仿佛被整个焚烧过一样，满目疮痍，到处是烟熏火燎的痕迹。

我转到楼的背面。呵，真是奇迹，那里倒有一些楼梯。而且格子也变得不再狭小，和一般的楼层房间差不多了。我钻到一个楼层中，那里已经有几个人居住。他们的被褥都在草灰中铺开，他们皮肤的颜色都似乎是在草灰中滚打过的。他们无所事事，或坐或躺，有的嘴里自言自语，煞有介事，有的则貌似深沉，忧郁地望着窗外。鬼都知道窗外什么都没有。那些木框木门歪斜地横挡在来去的道路上。我询问是否可以同他们一块居住。他们有的摇头，有的不置可否，仿佛没有听见一般。我等了一会儿，并没有什么奇迹发生，只有再上一层楼。新的房间重新变得逼仄，只有两个黑人在忙活。他们生着火，浓烈的油烟熏得人眼睛生疼。他们似乎在煎炸什么东西。在黑乎乎的一个大铁板上，他们用火钳煎着什么东西。他们看见我，像没看见什么东西一样，连个招呼也不打，继续忙活。他们似乎在讨论什么问题。我走近火炉，看见他们煎炸的是一只死老鼠。那个手执火钳的黑人说："别伤心了，老兄。你不是故意的，你只是跟它闹着玩，它也只是跟你闹着玩，可是它经不起你的折腾，它死了，这不是你的过错。但是我们都太饿了，我们需要吃东西，懂吗老兄？你不饿吗老兄？"那个在一旁添柴火的家伙拼命流着眼泪："我又闯祸了，这下他再也不会让我喂养那些兔子了。"

"哪里来的兔子啊，老兄。如果有兔子，我们还吃这老鼠干什么？这讨厌的老鼠，我可是忍着恶心来吃它的。真见鬼，谁让我饿坏了呢？哈，还真是喷喷香的老鼠呢。你不准备吃么老兄？"

"这本来是我的老鼠，我没事可以摸着它玩的。我再也没有这样好的老鼠了。"那个伤心的家伙说道，"他说过，我们将来会有一大块地，有一架小风车，一间小木屋，一所鸡舍。有厨房、果园、樱桃树、苹果树、桃树、栗子树，还有一点点浆果。有一块地留给种紫花苜蓿，而且不愁没水浇。有一只猪栏，还有兔子……"

"见鬼的兔子，要是有兔子吃就好了。你不要有这些鬼念头了。你也不想想我们在什么地方！有老鼠吃就不错了。"

"我们究竟在什么地方？我们什么时候才能真正干起来呢？我什么时候才能有自己的兔子呢？"

"我们在什么地方？你难道看不出来我们在什么地方吗？"手执火钳的家伙说，"有老鼠吃就不错了，可是也不能天天有老鼠吃。"

我凑近他们的火炉，想要拿一块老鼠肉，可根本就拿不着。我的手伸向哪里，那火钳就躲开哪里。我想端起那只煎锅就走，我每次都觉得抓牢了，可端起来的时候总是两手空空。我凑过去跟他们搭话，可他们似乎并没有听见，他们仍然在争论着有没有兔子肉吃的事情。

我没有在这里停留，走下楼梯，为自己躲避了惩罚而暗自高兴。我忽然有了一种奇怪的感应，仿佛自己一下子隐身了。无论走到哪里，那些衣衫褴褛的看守或者手执教鞭的管教者都看不到我。我行走在每间狱室，我从他们的窗台下轻轻飞过。每间狱室里都有人在自杀，或者自残。有的用绳子勒住自己的脖子，双手使劲往两边拉扯，有的用刀片在自己的手腕上划来划去，有的用铁丝勒住自己的手腕和脚腕，还有的拿着皮鞭抽着别人，而那个被抽的人却用凿子在拿鞭子的人身上雕刻着什么。他们没有痛苦，那种叫喊犹如幸福者的呻吟。衣衫褴褛的管教这个时候仿佛消失了，我即使不隐身，大摇大摆地走来走去，也没有人干涉我。他们好像并不存在一般。自残或者自杀，仿佛是他们留给这些人的功课。他们留下功课，便躲到一边喝酒取乐去了。

我忧伤地踱回自己的狱室。我试图推开那扇门，门却在里面反锁上了。我敲门，那些人却都在自己的座位上安坐着，没有一个人为我开门。有个女的在黑板上写着训诫者留下的功课。我愤怒地用手砸门，用脚踢门。她终于不耐烦了，只给我扯开一道门缝，对我说："你不能进来，你只会给大家带来不安。"我夺过她手里的粉笔，在她脸上画了起来。我不知道我究竟是在画什么，只觉得她的脸太过紧缩了，不能容纳我要画的一切内容，以至于我都要画到她蓬松的头发上去。她并没有反抗的意思，只是死死地扳住门，不让我进去。但我只是稍稍用力，就推开了门。

桌子上有一把扑克。看到它，一阵心酸，想起以前的美好时光。那时我刚刚被投放进这间狱室，为了教会他们娱乐，为给他们一点点惊喜，我曾经张开我的翅膀，在狱室的上空飞翔，并且在飞翔中为他们分发扑克，做那种最简单的游戏。那时的我是多么快乐。我玩弄着手中已经陈旧得卷起边角的扑克，想要再次为他们分发一次，希望他们记住这个美好的时光。

我张开翅膀，脚尖开始发力，我感到脚尖充满了弹性，但却软绵绵地失去了力量。我突然感到飞起来是多么困难。我的翅膀，我的上肢，不论如何抖动，都只是仅仅脱离了地面而已。我有些紧张，我知道我必须飞得足够高，才能越飞越轻松。如果不能离地面更高一些，最终的结果将是重重摔在地上，丧失飞翔的能力。我笨拙的动作引来他们哄堂的嘲笑。但我没有放弃，我还是要飞起来，我已经下定这个决心。有两个人过来帮我了。一个对我说："使劲吸气，让你的腹腔充满空气，使劲吸啊。"另一个说："扇动你的翅膀和你的双臂，把气流紧紧排在你的身体之下，要知道你的翅膀是能够对折九次的!"我照他们的话做着,在他们的帮助下飞了起来。飞到众人的头颅之上,在空中自由地旋转,并且把扑克牌分给了他们。他们重新快乐地尖叫起来。

我知道我只要冲破那扇门,往南飞过那道高墙,再飞过一道高墙,我就自由了。我为这件事情考虑了很久。我以前妄图通过那些铁门一开一合的间隙强行飞越,并且为此天天锻炼自己滑翔的速度。我天天守候在那道门的旁边,躲在黑暗的屋檐下,伺机而动。令人懊丧的是,那无数道的铁门从此再也没有打开过。我是老国王建设理想国的最后一个敌人。只是最近我发现了一个新的秘密,除了那许多道门,天井的高墙并不是不可翻越的。只要你有足够的信心,那墙并不像传说中所说的,随着你的高度而升高,相反,它会随着你信心的膨胀而降低自己的高度。我早就发现了这个秘密,但没有跟任何人说。今天我要离开这个地方,我仍然不能说。我知道这里面的许多人已经不可救药。我的每一句话都成为他们邀功请赏的资本。

他们似乎察觉了我的意图,那些人已经将门窗全部关严,不让我飞出去。我扇动我的翅膀,黑暗的力量重新产生,并且袭来,整个教室淹没在我的翅膀之下。我可以撞破玻璃,扭开窗子上的钢条。哪怕头破血流,我也要飞出去。不过这个时候,门却轰然打开了。我看见翅膀下面一片混战。那两个曾经帮助我飞起来的人将那些告密者和冥顽不化者推向一边,不顾一切打开了那道狱室之门。

我飞出来了。在冲向那道高墙的过程中,我听见后面有人说话。一个说:"使劲吸气,让你的腹腔充满空气,使劲吸啊。"另一个说:"扇动你的翅膀和你的双臂,把气流紧紧排在你的身体之下,要知道你的翅膀是能够对折九次的!"我在这样的鼓励下,仿佛有一股不可遏抑的力量将我吸到无限的高空,那高大的墙壁果然在一节节地变矮。子弹在我的身体下面呼啸而过,正打在矮下去的墙壁上,溅起微不足道的一点点烟尘。我飞过一道高墙,又一道高墙,飞过一梭子弹,又一梭子弹。我安全地飞在高空中,阴漠的天空吹来充足的气流,我轻松地飞翔。背后传来一阵爽朗的笑声,回头看去,原来那两个曾帮助我飞起来的人也在我背后飞着,并且保护我。

我们三个一起飞翔,穿过阵阵云层,看见大地上有一些密集的都市。他们有意停下来落脚,但我阻止了他们,我说:"不要相信这些城市,也不要在这些城市中落脚。对他们而言,这是个理想国;对我们来说,却都是地狱之城。我们要飞到更远的地方去,飞离这个理想国。"

"我们的理想国在哪里呢?"一个问道。

"我们没有理想,也没有国度,我们只有黑暗,只有无边无际的黑暗。"我说。

前面出现一片庞大的黑云。我们其中一个激动地喊道:"看啊，自由巴士。"

我们往那云中看去，在云的顶端，果然有几朵像是"自由巴士"几个字的小云彩漂浮着。正当我们纳闷的时候，这个庞大云层里面赫然冲出一辆巨大的巴士汽车。它一半还遮掩在云层中，一半已经在天空之下，发出奇异的光彩。

我们惊异地打量着空中这辆豪华巴士，纷纷收住了翅膀。

摩西啊摩西

从 J 到 B，从 B 到 J。

车窗的光影，神秘列车的眩影，列车尾部孤单的抽烟者。

是我吗？还是另一个我，在对面列车的尾部，只和我打了一个倏然而逝的照面。看不见的黑夜，田野，河流和村庄。和我一样的人和我一样，上车下车，下车上车。在 J 城或者 B 城的小站上，我们相遇，分离，步履匆匆。我常常忘记自己的身形，而偏偏记得他们的仆仆尘衣。

这次的旅程比较烦琐，我带了母亲和妹妹到 J 城来。在小站下车，我提着行李，牵着她们的手，穿过不算拥挤的行人，越过马路和臭水沟，准备到对面打车进城。母亲忽然在马路边站住了。我朝她眼神所指的地方看去，那里有一个普通的小院子。

"儿子啊，你难道看不出这个院子有多么熟悉么？"母亲对我说。

"到处都是这样的院落。"我说。

"不对，这个院落和别的院落不同，和它前面的院落、后面的院落不同；我以前认识这个院落。"

"怎么会，您这是第一次到 J 城来。"

"这难道不是我们的邻居六奶奶家的院子么？"母亲看着我，眼里充满幸福。

"妈，我们还是快点赶路吧。"我牵着母亲的手，催她快走。但母亲反而牵着我走向那个院落。我们推开小巧的院门，迎面看见那棵法国梧桐，我们故乡唯一的一棵法国梧桐，高大粗壮。它以前就生长在六奶奶家的院子里，我们几个小孩彼此牵着手才能将它合抱住；而每当春夏，法国梧桐树皮爆裂的时候，我们偷偷去树下拣拾那些掉在地上的树皮，以为那是珍贵的药材，交给大人。这棵树在六奶奶死去之后就被她的儿女们砍伐了，一人一截，拿去劈柴烧。如今它竟还生长在一座相似的院落里。院子里像往常一样安静，六奶奶向来是怕吵闹的，她养的那些花草都在湿润的泥土里静静生长。

"六奶奶在家吗？"母亲喊道。

一个你在大街上经常可以见到的那种老太太，从屋内走出来。通过她那眼角多出的三道皱纹，我确定她确实是以前的邻居六奶奶。我们到她屋里，喝茶说话，而忘记了谈话的内容。我一心要母亲快些跟我进城，我还有许多事情要处理，然后还要到 B 城去。啊，我的一生仿佛就是这样来回地奔波忙碌，而没有吃饭睡觉的时间，没有坐下来聊天喝茶的闲暇。我一这样做便充满恐惧和惊慌，以为上天快要降罪于我，只好暗地里祈祷母亲能快快结束这场无聊的谈话。我坐在那里有些困了，渐渐打起盹来，突然感到一只手在扒我的衣服。我悚然警惕，睁开眼睛，发现自己已经躺在她家那张有名的老木床上。我记得小时候，这张刷了油亮的黑漆，雕了漂亮花纹的木床在我的眼里是多么神圣，而不敢奢想去躺上一躺，睡上一睡。六奶奶说："孩子，脱了衣服睡一会儿吧。"她帮我脱衣服，仿佛我还是几岁的儿童。但我条件反射一样弹了起来，急忙用双手拢住已经被解开的风衣衣扣。天哪，我什么时候有过这种奢望，能够脱光衣服美美睡上一觉，而且不知道什么时候可以醒来。

我下了床，扣好我的衣扣，夺门而出，我还要到 B 城去，一切怕要耽搁了。我忘记了母亲和小妹，只身跑到院子里。院子里竟然热闹起来，许多人在高大的法国梧桐下喝酒。我在他们中间跌跌撞撞，竟然找不到出去的通道。这里面竟然有许多是我以前碰上的旅伴。一个面孔尤其熟悉的家伙站起来拍我的肩膀，说："喂，喝一杯吧，这么急急惶惶的，要去哪里呀？"我白他一眼，说："你又不是不知道，我要到 B 城去的。"他说："咳，B 城，我已经回来了。"我说："怎么，你这么快吗？你今天去了几趟 B 城了。"他说："我哪里数得清呢？反正是来了去，去了来，没有歇着。"我说："啊，那你现在如何敢坐下来享乐？"他拉住我，皱着眉头笑起来："我这也是第一次啊。"我摇摇头说："不，我从来没有想过停下来的问题。"他嘿嘿笑着，喝干了一大杯扎啤，说："真他妈香啊，没想到啤酒竟是这么香甜，我第一次坐下来喝酒，便再也不想离开这个座位了。"我再也控制不住了，立刻喊道："酒是穿肠毒药呢！"他明显有些醉意了，乜斜着眼睛，哈哈大笑起来："来吧，兄弟，你也尝尝这穿肠的毒药！"我一把打翻他的酒杯，感到天谴就要到了，没命地奔跑起来，也不管踢翻了多少酒桌，夺门而出。

身后果然有追兵，要来实现对我的惩罚。

我跑进一片荒凉的山地。山上寸草不生，而且发出火一样的红光。依山而建的白色建筑，只有很小的洞口可以出入，仿佛已经是异国他乡。但我离这些建筑还很遥远，它们都在对面的山坡上。我必须跳进山谷，才能到达那里。但我为什么要去那里呢？似乎是神所居住的地方，可以去乞求神对我懈怠的赦免。但我还要摆脱神的使者的追赶。在罪行还没有降临头上之前赶到那里去。

山谷里长出一片一望无际的葡萄园。碧绿的葡萄园啊，密密麻麻的葡萄架无边无际。这下好了，这下我就能摆脱神的使者对我的惩罚了。我一头扎进如海洋般深邃的葡萄园中，那个似乎等待我很久的女人在前面给我带路。我无暇去注意她的容貌和服饰，只是跟着她夺命狂奔。在我身后，是葡萄叶的唰唰声，那表明使者已经近在咫尺。

黑皮肤的女人边奔跑边对我说："前面就是那有名的漩涡了。"

我不懂那是什么，也不想知道是什么意思，只想着如何摆脱使者的纠缠。黑女人忽然在一道绿门前站住，对我说："进去吧。"我迟疑着不肯移动，她就一把将我推了进去。我一头跌进碧绿的深渊。这就是漩涡吗？我在里面不辨东西，只有一条道路供我无休止地走，没有尽头，而两边只是密不透风的绿墙。我在这狭窄的葡萄巷道中奔跑，比迷宫还迷宫。我后悔没有带一条丝线引我返回，我害怕我将再也走不出这个漩涡。但我已经听不到使者的脚步，于是坐下来喘息。

在葡萄架的顶端，黑女人朝我招手。我正要说话，她却示意我不要说话，只抓起我的手臂，带我飞离漩涡。我们不但飞出漩涡，也飞出无边无际的葡萄园。行走在沙漠中，不再惊慌。

"神的使者怎样了？"我问黑女人。

"他们现在还在漩涡中寻找呢。"黑女人发出美好而野性的笑声。

"使者能走出漩涡吗？"我问她。

"神会知道的。"她说，再一次发出那样的声音。

我们捂着鼻息，走过一片污秽之地。不知道为什么，这里到处都是粪便和尸体，还有篝火燃烧的痕迹，好像既有过一场长达几个世纪的欢宴，还有过一场长达几个世纪的厮杀。而那飘扬在空中的臭气则说明这些都刚刚结束不远。

我们一起爬上对面的山崖，那些红色的山石，在我们的攀登中，纷纷变成易碎的粉末。

"我要乞求神的赦免，然后继续到 B 城。"我说。

"这就是你的事业么？"黑女人问我。她似乎每说一句话都要发出一阵笑声，有时悠长，有时短促。

"是的。我从一生下来就是这样。"我毫不怀疑地回答。

"那么，你究竟做了什么呢？"黑女人问我。

"从 J 到 B，从 B 到 J，就是这样，上车下车，下车上车，就是这样。"我说。

"我还以为你是一个旅行推销员呢。"黑女人说。

"这个我也不清楚，也许是吧。我只是有时候随身带一些东西到另一个地方，有时候却什么也不带；我只是到那里见一个人，有时却并不见什么人；我只是将我随身带的东西交给那个人，但有时我又将那东西再随身带回去；当我不带某些东西却见到一个人的时候，他会要求我回去，将没带的东西带来，但当我再次返回时，却可能不会再遇到他；即使遇到他，再次检视我带来的东西，却发现并不是他要的东西，但这不要紧，我可以再来一次。"我充满激情地描述着我的事业。

"啊，你在执行一项不可能完成的任务。"黑女人发出悠长的笑声。

"任务？不，没有什么任务。我只是按照神的意志和我对自己的约束来生活。"我说。

"你爱你的生活，对吗？"她问我。

"我听不懂你刚才说的那个词，请你再说一遍。"我说。

"爱。"她说。

我认真地听了一遍，还是没有听懂："这个词是什么意思？"

"爱，就是爱啊，爱是 LOVE，爱是 AMOUR，爱就是爱啊。"黑女人高声说着，几乎要唱起来。

"我第一次听说这个词，你不会看不起我吧？"我为自己的无知而害羞。

我们继续登山，去寻找神的住所。

"我听说神是住在一个山洞里的。如果他赦免了我的罪，就要赠给我一块石板，我将带着这块石板去 B 城，找到那个需要这块石板的人。我听说那人正为自己建造一座无比雄伟的城堡，在为城堡铺地板的时候，发现缺少了一块石板。我想，这正是他所需要的。"

我们走到雪线以上，眼前一片白茫茫。我们继续走，脚上粘满积雪。

"我想我们不如回去。"黑女人说。

"不，我要乞求赦免。"我坚定地说。

"我看到那群使者的身影了，神已经召唤了他们。"黑女人的眼睛里充满了忧虑。

我正要说什么的时候，脚下的积雪发出巨大的声音，仿佛有一个无比巨大的石球在雪的深处滚动。

当我再次清醒的时候，正躺在一间小屋里，是一个小旅馆的房间。

黑女人躺在我的身边，她裸露的身体在昏黄的灯光里发出冰冷的青铜之光。

"外面正下雨呢。"她打开窗帘，雨水扑打在小玻璃窗上，外面的雨夜发出青蓝的光芒。

"是秋雨，秋雨过后，天气就凉下来了。"我说。

"是啊，一层秋雨一层凉啊。"她反过身去，将具有优雅曲线的背部呈现在我的眼前；我忽然感到这句话有着不一般的熟悉。我问她："我们怎么到了这里？"

"怎么，你不知道么？我们到B城了啊。"她叹着气回答。

"我们怎么到的B城？"我还是不明白。

"我们乘坐公共巴士到的B城，因为大雨的缘故，半路上遇到公路塌方。我们两个下了车，找到这家小旅馆，你难道不记得了吗？"她说着这些我毫无印象的话。见我一点反应没有，她继续说："我们都淋得透透的，不知道怎样进城，搭车也搭不上，我们在城市的街角上转来转去，却怎么也找不到一家合适的旅馆，只有这一家小旅社还亮着灯。还是你说服了我住在这里的。你看看这是间什么房子啊，屋顶上还漏水，床下还有耗子跑，并且，这

样的恶劣天气里，连电路都不通了。真倒霉啊！为什么非要到 B
城来不可呢？"

　　我的腿上冷不丁滴了一滴雨水，钻心的凉。屋子果然是漏的，
我也暗地对自己不满意起来，安慰她说："对不起啊，明天一早我
们就去找一家好一点的旅店。"

　　"至少是三星级的，否则——哼！"

　　"好吧。"我答应着，却想不起我身边怎么会有一个女人，并
且将她也带到 B 城来的。

　　"你说过明天要带我去很多地方玩的。"她翻过身，噘着嘴撒
起娇来。我点点头全部应承，她便无限欢喜了，扑在我的身上，
极尽柔软和呢喃。明天，天必然还是要下雨，而我必然还是要见
那个要见的人啊！我想着明天的事情。

　　外面虽然昏昏沉沉，但毕竟天亮了。黑女人还在黑甜乡中甜
蜜地笑着，嘴角流出了蜜汁。

　　我拾起我的旅行包，走出小旅社。旅社老板在裂了缝的柜台
后面向我发出谄笑。

　　那个人在他的城堡里等我。

　　"你来了。"他热情地招呼我。

　　"啊，对不起先生，我忘记了要带什么东西给你。"我意识到
我做错了事情，但并不自责，我知道我还可以再来一次，而且我
生来就是做这件事情的。

"不要紧，本来这次我没有要求你带什么东西，你难道忘记了？"他拍拍我的手。我发现他的拇指是一对的，在拇指的骨节上又并生出一个同样大小的拇指。

"啊，我知道了，怪不得我这次来什么也没带呢。"我哈哈笑着。

"你看我的拇指，"那人伸出双手，他竟然有四个拇指，"我有多余的拇指，而世界上有多少人却缺少拇指啊；你们 J 城一定有很多缺少拇指的人吧，那些用手工作的车床工，电钻工，锯木工，淘粪工，一定有的因为常年劳作丧失了他们的手指；那些天生残疾的少年儿童一定有的偏偏缺少这根拇指；就连那些五指健全的人也一定有的因为自己的拇指生得丑陋不堪而痛苦，而你看我这多余的拇指是多么优美漂亮啊，我想他们见了我多余的拇指，一定甘愿用斧头砍掉自己的拇指，而重金购买我多余的拇指换上。啊，我是充分考虑到他们的处境的，而他们是没有见过我这样美妙的拇指啊；他们若看见我手上有多余的拇指，而且还如此漂亮，说不定会心生歹意，要取我性命而后快呢。"他兴奋而忧虑地玩弄着自己的四个拇指。

"这是神的恩赐，先生一定要妥善处置啊。"我说。

"是啊，所以我让你来而不带任何东西，目的就是要你把我多余的拇指带到 J 城去，给最需要拇指的人。"他说。

"这我该怎么办呢？"我对这个差使产生不解。

"你只要带走我的两个拇指回去就行了，这还不容易吗？"

"可我该如何将它们从你手上取下来呢？"

"唔，这个，我也没想好，不如这样，我给你一天的时间来想这件事情。你就住在我这里，哪里也不要去了。"他拍打着我的肩膀，使我稍微安定下来。

一天很快就要过去了，我并没有想出什么办法来，便决定带那黑女人在B城里逛逛。但我忘记了回小旅社的道路，也忘记了那个小旅社的名字，我只好一个人在B城的大道上闲逛，偶尔思考一下如何取下那人拇指的问题。走进公园。就像所有的城市公园一样，公园是老年人的天下。公园是老年人在这个世界上最后的寄居之地，他们余生的意义就是在公园中。老头儿提笼架鸟管闲事，老太太东长西短嚼舌头。我深悔自己闯到这个糟糕的地方，越是装出一副本地人的模样，他们就越是拿鄙夷的眼神看我；越是装作无所谓，吹着口哨，他们就越是警惕。老太太扎成一个圈子，谈论如何美容的问题。她们那又皱又老的脸皮上居然散发出红色的光彩，从她们的嘴里蹦出来的词居然都是文眉，割眼皮，敷面膜，离子烫筷子烫之类的东西。而湖边的老头儿们正围着一个鸟笼，听一个老头儿夸自己养的那鸟；而那只鸟无疑已经死了很久。我不愿听老太太们的美容心得，倒是愿意看那笼子里的死鸟。

"怎样才能取下那人的拇指呢？"我边看死鸟边想着心事。"剪刀绞舌头，斧子剁指头；门框触眉头，拳头擂头。"死鸟说话了。"你会说话呀？"我问。"剪刀绞舌头。"死鸟说。"你怎么会说话呢？""斧子剁指头。""那怎么就会了呢？""门框触眉头。""你死了还会说？""拳头擂头。""你不是已经死了么？"我不甘心地问道。"哦这我怎么忘记了。"死鸟像是恍然大悟一般，再也不说了。

拇指拇指，拇指拇指。我嘀咕着嘀咕着，回到那座城堡去。那人一定还在那里等着我。

城堡的台阶下面，有一群喝酒的汉子，看见我过来了，纷纷发出一阵大笑。

我问他们为什么笑？他们都说我是个笨蛋。"笨蛋笨蛋，笨蛋蛋笨，笨蛋就是蛋很笨。"

其中一个拉住我的手。我伸出手，给他看。他看了更是笑得抬不起头来。

又一个要看我的另一只手，我也给他看，他也笑傻了。

我自己看我的拇指，却并没有什么异样。

"你没有想出主意来吗？"他们问我。

"没有。"我说。

"用斧头砍。"一个说。

"用锯子锯。"一个说。

"用刀子割。"一个说。

"哎呀，哪有那么复杂，只要用手一掰不就断了吗？多简单啊。"一个说。

"要我说啊，还是用牙咬合适。"另一个说。

"不，还是用石头砸的好。"一个说。

"哎，"我叹了一口气说，"如果那拇指能自动长到我的手上就好了，我就可以轻松回 J 城去。"

那帮喝酒的汉子又哈哈笑起来："笨蛋笨蛋，笨蛋蛋笨，笨蛋就是蛋很笨。"

我伸出我的双手来看，那多余的拇指果然到我的手上来了，和我原来的拇指严丝合缝地长在一起，仿佛他们从小就一块长大的一样。

"怎么样？是斧子还是锯子？"

"不，我不要这样，它怎么可以长到我的手上呢？"

"这样你就可以回 J 城了。"

"但我不要这样回 J 城啊。"我几乎要哭出来了。

我往城堡里走去，我要告诉那人，我放弃这个差使。我可以从 B 到 J，又从 J 到 B，但我绝不能接受这样的结局。"也许还有更好的办法吧。"我幻想着更好的结局。

"没有了，再也没有了。"一个汉子说。

"我们已经给你出了那么多主意。"另一个汉子说。

"这是神对你的惩罚。"第三个汉子说。

这帮喝酒的汉子刹那间变成七个黑衣人，正是那曾经追踪我

段的最后一个身形于是朝马路上逃去，开始了第二次逃亡。那

段的七个使者。他们虽然头上裹了斗篷，仍然掩饰不住斗篷下面淫邪的笑意。我往城堡里冲，去抓那个人。但一张大网却套住我往里冲的第一个身形，像一只白色的虫子粘在蜘蛛网上。

我的第二个身形于是朝马路上逃去，开始了第二次逃亡。那些使者并不像以前那样凶追我了。

我逃着逃着飞了起来，先飞过一个大湖，直直飞了十多公里，然后转身往回飞。

我在飞行中已经赤身裸体，在黯淡的夜色中飞过碧绿的原野。寂静的原野上只有我飞行的影子，甚至没有一只夜巡的猫头鹰来做伴。天空出现月光，乳白色的月光浸润大地，也让我的身体泛出银光，我感觉我像一个具有优美裸体的女人。一个农民在月光下劳作。从高高的玉米叶子中间，我看清了他英俊的脸。他的狗提醒他天空中有美妙的东西。他抬起头，看着我从他头顶滑过。他待在那里没有动，而那只狗却向我奔跑。飞过一棵大树，没有停歇，只是让高高的树梢轻轻触碰一下身体，仿佛这一点触摸，便给我无穷的力量。那只狗终于不再追赶。而我再也看不到这样美好的景象了——月色下的原野啊，如果这也是神的赐予，为什么神独独不能赦免我一个小小的过错呢？

当我飞过那条大路的时候，天便亮。大路那边就是 B 城。街上行人还很稀少，我正好趁此良机，抄到城堡的后门去。那些使者绝对不会发觉我的归来。跳过贫民区那些矮小的建筑，在他

们的屋脊上行走，不担心惊醒他们的睡眠，到达城堡的后门。

飞到城堡的穹顶，长久地匍匐在落叶与青瓦之间。

在城堡的墙壁上爬上爬下，始终没有找到一个入口。

忽然，一个孩子打开一扇后窗。她看见了什么，惊奇得张开嘴巴。她伸出手指，回头对里面喊些什么。

这时，我的黑女人来到了窗前。

而我的裸体那时已倒挂在光秃秃的树杈上，有意躲避着什么。

幽暗的森林

我让他往头顶上看："你看像什么，胖子？"

"什么？"他顺着我的手指，抬头往天上看，什么都没看见。

"你瞧，"我依然指着他的头顶，"它正好顶着你的脑袋。"

"好家伙，简直像一把枪顶着我的脑袋。"他故意缩了缩他那短得跟没有一样的脖子，看清了吊在头上的东西。

"说说看，像什么？"

"像一把枪，我刚才说过了。我最讨厌有人用枪指着我的脑袋了。"他模仿电影里的语气，模仿得真难听。

"不，你说得不对，没有人枪管朝下杀人的。"

"那么，就像一把剑，你瞧，它就悬在头顶，你却不知道什么时候会落下来。"他再次抬起头，并且伸出一只手去抚摩头上那根丝瓜肿大的顶端。他对那丝瓜简直爱不释手。但我实在看不惯他那只胖手，那简直不是男人身上长出来的东西。

我鼓励他继续猜："发挥你的想象力，好好想想，看还像什么？"

"啊，手感不错，像个小尼姑的头。"他的胖手没有停止抚摩那根大丝瓜，最妙的是嘴里还咂吧咂吧响。丝瓜在他头上轻轻摇摆。

"哈，有点意思了。继续猜，继续猜。"

"猜不出来了，真猜不出来了。再说，猜这个有意思吗？我看不出来有什么意思。"

"你再看看，再想想。"

"不行了，实在想不出来了。"他捧起扎啤杯，上嘴唇深深地浸到扎啤里去，只听咕咚了一声，放下杯子后，鼻尖上蘸了一块大大的啤酒沫。"你饶了我吧。"他说着，意识到鼻尖上有点冰凉，立刻用袖口抹了一下，兀自笑了起来。

"可是你不感觉你头上正悬着一根鸟（diǎo）吗，还是超大号的？"

"你可真会开玩笑，哥们，"他那只胖手忽然像触了电似的从丝瓜上弹开去，勉强笑着，说，"你可真会开玩笑。"我料这个胖子也不会有什么俏皮话反击我。

"我没有开玩笑，'我说，"我看它真的像根鸟啊。"

"你可真会开玩笑。"他还是有些难为情，五根手指毫无次序地敲着桌面，发出马蹄嗒嗒的声音。

"我没有开玩笑，说不定你头上真有根鸟悬着呢！"我想看看一个老实人生气有多好玩。

"嘿，你说什么呢?"

"这根丝瓜可不寻常，它有它的眼光。"

"我没听懂你说什么?"

"你想想，院子里有这么多椅子，你怎么单单挑了这一把呢?"

"不过是偶然嘛，我事先又没有看见上面有丝瓜。"

"那么，为什么别人没有，偏偏是你?"

"不过是偶然嘛。"他眯缝起小眼睛，让人看不见他眼球上的那点光。

"凡在这根丝瓜下面坐过的人，他的头上原来必定也有根丝瓜的；即使头上没有，心里必定有；即使不是什么丝瓜，那也必定是西瓜冬瓜或者南瓜什么的东西。有心事的人，这丝瓜一看就能看出来；有心事的人，保准哪儿也坐不了，一来就坐在这丝瓜下面。"

"那丝瓜就是你吧，我看你长得就像个丝瓜。"他终于说了句俏皮话，很得意，笑个没完了。

下班之后，没什么事情可干，找个馆子随便吃点东西，我一般就会来这个酒吧。酒吧藏在很深的胡同里，一般人不会注意。即使偶尔看见那点门面，没准还以为是个小型的摩托车修理部，本来嘛，那个招牌设计得就像摩托车修理部，给人的感觉是抹足了机油。不过现在酒吧都讲究这个，门面朴素一些显得有格调嘛，鬼知道什么叫格调。酒吧是个不大的四合院，一进那大门，就有一间小屋子，挂了妇女心理诊疗室和婚姻介绍所两块牌子，我从没见这屋子的门开过。大概是只有白天才开吧，而我只有晚上才过来喝几杯。过了这间小屋，院子就宽敞多了，丝瓜架和葡萄架把整个院子都遮了起来，下面是些木桌子木椅子按排摆放着，这就是喝酒的地方了。其实这只是酒吧的露天部分，进了室内，那里才是酒吧的中心。吧台上面有一个小阁楼，朋友多的时候，我们会上去喝酒，下棋聊天，懒洋洋地听音乐，多半会在那里睡着。从阁楼上下来正对着楼梯的一排书架，密密麻麻摆放的全是有关旅游和行走的书，其中西藏的画册占了大半。老板是个旅行家，这谁都知道。最传奇的一次，是他独自骑着自行车走完了川藏公路。墙上挂的那些风光照片，就是他在川藏线上拍摄下来的。按说我来这里的频率是比较高的，但我始终没有见过老板。来这里的外国人很多，外国人喝酒你可以想象，没有酒吧，他们没办法喝个痛快。像我这样的单身汉，钱挣得不多也不少，晚上没有什么可以消遣，对摇滚又没什么兴趣，不能去音乐酒吧，也不爱去跳什么"迪士高"，就只有到这里来犯困了。喝点啤酒然后犯困是消磨时光的最好办法，等你回到床上的时候，就不至于失眠。我不只喝啤酒，心情好的时候还会弄点不知道名字的洋酒尝尝，不过主要还是喝啤酒；在露天吧喝够啤酒，到阁楼上去我会再喝点不知道名字的洋酒。嘿，像我这样土不土洋不洋，半拉子不着调的人，酒吧里也不少呢。

很久没再说话，我和胖子默默喝完自己杯子里的啤酒。

"还要吗？"我问他。他点点头。

我看着他头上的那根丝瓜，想着该说点什么。

"最近有什么好故事？"我禁不住问他。

"正想着呢。"他说，并且讪讪地笑了。

"那好，喝完这杯酒，你给我讲一个。"我说。

"好吧。"他捧起杯子一饮而尽，仿佛他想好了。

"说吧，什么好故事？"

"没有，还没想好。"他举起空杯子，朝吧台上晃。

"我们来猜硬币吧。"我说。

"猜硬币干什么？"

"猜错了喝酒。"我从衣兜里抠出一枚硬币。

"难道没有别的好主意了吗？"

"那你说。"

"我也没有。"

"那就猜硬币。"

我和胖子在这里经常相遇，但每次都是巧合。他总是有些好故事要讲，所以我每次都希望能和他见面。听他讲故事是消磨时间的好办法。

一开始我不在这个桌子上，我在靠葡萄架的那边，一个人喝酒抽烟，然后四周打量，那时胖子还没来，我就看看还有没有比较好玩的人。我来的时候，客人最多的那段时间已经过去。露天吧里只有三两个人。旁边有一个年轻人在打手机，已经打了很长时间了，我只听见他说："哎呀，我的手机都烫手了。"可他还是继续说个没完，没有停下来的意思。我不觉得厌烦，反倒竖起耳朵听，总想听到点有趣的事情；但年轻人说话的声音很低，只有抱怨通话时间时才提高音量。他隔一会儿抱怨一次，但没见他有停下来的意思。我对面的长发男人好像是个导演，正在跟同事谈论摄影的问题，那另一个应该是摄影师没错了。两个人在比比画画，也努力将声音压得很低，但显然他们在争论。那个导演模样的家伙会突然提高音量说："就这样定了！"然后依然是小声地喊叫。过了一会儿，那摄影师忽然站起来，连椅子也往后退，大声说："我去撒泡尿还不行吗？"

我刚一来就到室内走了一圈，除了阁楼上有人聊天，里面也没几个人。从我这里看向室内，一洋老头儿在和一洋妞儿说话，离得远，不知道他们聊什么了，居然前仰后合的。还有一个戴耳机的妞儿正在向留言板上贴东西，然后就站在那里不动了，大概在看以前的留言吧。从我坐的地方向右看，正好是个玻璃窗，在玻璃窗的那一面，摆着一张小桌，一个穿红风衣的女人在桌旁喝酒，她可不算是个妞儿了。小桌上摆着一束小花，但她显然不会注意那束小花。她似乎另有心事，双手交叉，臂肘撑在桌面上，不时地向外张望。我猜她是张望酒吧的大门。大门就在我背后，从她那个角度应该是能看见门口的动静。她是在等人啊。她喝的不是啤酒，一定是那种让我叫不出名字的酒。我长久地观察她，她依然不时地望向门口，她的目光有时会和我的相对。但我一点不用躲避，室内光线总比外面要强一些，她是看不到我的。到最后我才发现胖子。他一从大门往里走，我就看见他了，我没跟他打招呼，是想看他会坐在哪里。他刚在那根丝瓜下面坐定，我就端起酒杯，跑到他那桌上去了。

硬币在他手里。他左手食指将硬币竖着摁在桌面上，右手食指弹那硬币；硬币飞速旋转，转到桌沿，掉在地上，滚了两下，倒了。我俩都没看地面；光线很暗，我们看也看不清。

我猜正。

我们用打火机照亮了地面上的硬币。

"你运气不错，胖子。"

胖子没有回答我，抬头往门口方向张望，我想一定是来了一个有意思的家伙。

他从我们身边走过去，胖子说："看他。"他走到胖子身后，向室内走去，从我这里可以看见他的背影，矮胖，臃肿，垂着脑袋。他的右手向外，伸出食指下意识地比画着，好像在空气中练习书法。他背着一个大背包，松松垮垮的样子，那背包虽然在他屁股上一撅一撅的，但给人感觉却是长在背上，活像个罗锅。

"怎么了，胖子？"我问。

"他经常来这里喝酒，难道你没见过他？"胖子问我。

"这个小矬子，整天跟没睡醒一样。"

胖子喝了他亥嗓的那杯酒，摸着自己的肚子说："嘿，他可是个很好玩的人哪。"

"你跟他很熟吗？"

"还可以吧，我们常在一块踢球。别看他个子小，可是个前锋呢。动作很漂亮，转身打门的时候根本不用停球，简直是棒极了。"

"那么他打得准吗？"

"准不准那就说不准了，不过总还是有准的时候吧。运气好的时候怎么打都准。"

"我看他可不像个有好运气的人。"

"运气好不好谁说得准呢？不过他有一个特点，只要掌握了他这个特点，你基本上就能把他给看住了。他一般只在球门两侧活动，从来不会过半场；其实说活动还不如说不动，对，他基本上不移动，就在球门的三十度角上候着；有球就射一脚，没球就站着；如果一直没球，他就会喊着要球。你只要掌握了他这个特点，你就不用怕了。我防守他那叫一个滴水不漏。我一点也不怵他，一点也不。"

"胖子，看来你是个不错的后卫了。你能跑动么？"

"我主要是看他，他都不动，我还用得着动么？"

"不过你们两个可都够胖的，"我说，"你们俩跑起来会是什么样子，我可真想象不出来。"

"你有时间去看看就是了。"

"我可不敢去。我害怕。"

"我知道你在运动方面是个胆小鬼。"胖子一抓住我的弱点就很得意，他以为那就是我的弱点。

"主要是担心我的肠子，"我说，"看你们踢球，我怕一不小心会笑断肠子。"

从我坐的地方向右看，正好是个玻璃窗，在玻璃窗的那一面，摆着一张小桌，那个穿红风衣的女人还在桌旁喝酒。她的对面，已经坐了一个人。

"胖子，你往左边看。"

胖子扭过头怔怔地看了一会儿，说："那娘们的衣服不错，一定很值钱。"

"你看那男的。"我瞅着那根丝瓜，对胖子说。

"嘿，看不出来，真看不出来。"胖子开始摸自己的后脑勺，我猜他防不住人的时候也会摸后脑勺。

"你哥们这脚球看来踢得挺准。"

"嘿嘿，这个我可防不住，防不住。"胖子死瞪着那个大玻璃窗，嘟嘟囔囔的，像在跟自己说话，"又换了，可真快，这伙计换得可真快。我就佩服这个。"胖子不摸后脑勺了，改摸自己的双下巴，"看来，他在这方面是有两下子，又弄到这么一骚货。"

"你怎么知道是个骚货？"

"准是个骚货。"

"你怎么知道？"

"我一看她穿的衣服就看出来了，准是个骚货。"

"你怎么知道？"

"这还用说嘛。不过那伙计倒真是个好伙计，"他又往那玻璃窗子里面看，"真的，在各个方面，他可真是没得说，风趣，好玩，永远有逗不完的乐子。他简直是个完美的朋友，只要你不借给他钱。"

"怎么，他赖账么？"

"他一点也不赖账，每笔账他都记得可清楚了，有时候你都忘了曾经借钱给他，他还会提醒你。"

"那很不赖啊。"

"他很会花钱，也很会借。"

"谁暂时不缺个钱花呢？"

"可你千万别把钱借给他，除非你不打算要那笔钱了。"

"我不明白。"

"他从不赖账，但也从不会还你。"

"那就不要借给他。"

"可他是个好伙计，很难得的好伙计。"

"我不明白。"

"和他在一起会很舒服，很有意思，一点也不觉得有尴尬。"

"欠你钱不还你还觉得舒服？我可没这样的体验。"

"总归他是个很可爱的伙计。你知道，钱不代表一切。"

"是啊，这个我明白。"

"你总算明白了。"

"不，我还不完全明白。"

"你慢慢会明白。"胖子说，"好伙计就是好伙计。"

"瞧你那好伙计跟那娘们多起劲啊！"

"那是个骚货，对骚货谁不起劲啊？"

"他这次又借了谁的钱呢？"

"反正没借我的钱。"

"你说你这好伙计心里究竟是怎么个想法？"

"谁知道他怎样想的？谁也不是他肚子里的蛔虫。"胖子说，"鸟有鸟路，狗有狗道。他总会有自己的办法。"

"鸟有鸟路，狗有狗道。这话倒不错，跟谁学的？"

"现编的呗。"

"算了算了，我们继续猜硬币吧。"我说。

硬币在我手里。硬币飞速旋转，转到桌沿，被我用手扣住。

他猜正。我移开我的手。

他捡起那枚硬币，嘴角难得露出一次狡黠的笑意，对我说：

"你今天运气也不错嘛。"

"比你差远了，你看，"我又指了指他头上那根大丝瓜，"尼姑头都让你摸了。还猜吗？"

"猜吧，反正是'下雨天打老婆'。"

"这酒怎么样，你觉得？"

"还不错，比地摊上掺了水的强。"

"那就多喝点，反正是'下雨天'。哈哈。"

我们又猜了一轮硬币，结果他输了，罚他一杯酒，附带讲一个故事。我说过，我最想听他讲故事了，这是我消磨时光的最好方式。

"那我们再讲讲原来顺的故事吧。"

"你等等，"我问，"就是把'来'字那一竖的顶端画成一朵花的那个原来顺？"

他点头的刹那，我们俩几乎同时爆发出一阵石破天惊的大笑。笑得我差点从椅子上往后倒过去，而他的笑把那根丝瓜震得剧烈颤动起来。这个故事他可是给我讲了无数次，可我们还是忍不住再重温一遍。

"那还是上学时候的事。"胖子像以前一样开始讲述了，"一天，我们决定找到他，把他狠狠揍一顿。反正快要毕业了，闲着没什么事情可干。我们先到了他的教室。教室里人极少，只有几个女生坐在那里装模作样。我们在教室里转了一圈，没什么收获。

这时，一个女生站起来，问我们找谁。我说我们找原来顺。那女生就问，是不是他借了你们的书，就一直不还你们啊？我们几个人面面相觑，只好说，是啊。那女生就笑了：去年他从我这里借了一本尼采，结果到今年也没还我，我三催两催之后，终于给我拿来一本，我一看完全不是我的书，真气死我了！我们听完她的话，转身就走。她跟在我们屁股后面，小声小气地说，等他来教室的时候，我去给你们报信。然后我们去宿舍堵他。一推门，见一哥们正和一女生在床上，并没有其余的人，我们就退了出来。没想到那哥们追着我们的屁股出来了：喂喂喂，你们是不是找原来顺的？你们是不是要揍他？我说，是又怎么样啊？他拍着巴掌说，好啊好啊，待会儿他回来我去给你们报信。我说，谢谢。他说，其实说谢谢的应该是我，我早就想揍他了。"

"你怎么敢揍原来顺？他可是当时全省有名的青年藏书家呢！"我像第一次听说这个故事一样接着话茬。

"我操他大爷的青年藏书家！这家伙借我们舍友老马的一套哲学随笔，我们都毕业要走人了还不想还。不还就不还吧，还天天往我们宿舍跑，找老马谈心，谈一些读书心得，临走还扔下一本破烂大学语文，说是送给老马做纪念。老马向他讨书，他却很恼怒，他说，老马呀，咱俩什么交情，我借你书是觉得你人好，有学问，不和那帮庸人一样；到现在你怎么反倒俗套起来了呢？不就几本书么，我怎么可能不还？我不还肯定有我的理由。我觉得让你的书在我的书架上多摆上几天，我心里就特满足，特觉得自己有光彩；你要是真把书拿走了，我愿意那些书也不愿意啊。书与书之间也会产生交情呢，它们舍不得它被拿走。你拿走你的书，我不哭那些书也会哭呢。书都有交情了，更何况人呢！老马听他在那里胡说八道只会生气，讲理又讲不过他，就觉得必须依靠武力来解决问题了。而且更可气的是，这小子每次去我们宿舍，都鬼鬼祟祟的，见了我们连招呼都不打，跟老马说话时还故意回头瞅我们几眼，好像我们妨碍他们谈话似的。就凭他这副德性，我们也不能饶了这小子。"

"那你们究竟把他打了没有？"

"其实我们在打他之前还是准备要以德服人的。反正快毕业了，大家都闲得很，觉得逗个人玩玩也是个乐趣不是？我们随时都可以揍他，但我们觉得一下子把他揍趴下太没意思，还是要跟他讲理，我们太喜欢跟他讲理了。你知道，明明是我们有理，但我们讲理却总是讲不过他，这就很有趣。我们最终还是要揍他，所以我们不着急。"

"你们这是猫捉老鼠呢。"

"对，猫弄死老鼠之前总是要好好玩耍一下的。"

"那你们到底揍了他没有呢？"

"你不知道，当我们最终决定动手的时候，事情忽然出现了逆转。我们发现我们竟然没法揍他。我们把他拖到公寓的大阳台上，几个人把他围了起来，但我们没法揍他。"

"你们是怕人多势众，胜之不武？"

"不是，想揍他的人太多了，但我们没法揍他。"

"是他自己吓坏了，向你们告饶了？"

"他确实吓坏了，我看他腿都打哆嗦。但我们还是想揍他，就是揍不了他。我们一攥拳头浑身是劲，但那股劲就是使不出来。"

"可那究竟是怎么回事呢？"

"是这样，他始终没有放弃说服我们不要揍他。他先列举了许多条我们不该揍他的原因，以此来表明真理不在我们这边，又列举了几条揍了他之后的不良后果，以此来威胁我们，然后又列举了一些如果我们放过他之后的美好假设，以此来收买我们。你看看，赤裸裸地威逼利诱啊！孙悟空为什么要杀唐僧而总是杀不了呢？为什么呢？你想想为什么？"

"孙悟空怎么想的我怎么知道？"

"反正我们最后被他搞得头晕脑涨，一点劲都没有了。"

"那你们就不了了之了？你们就这样饶了他？"

"应该说是他饶了我们才对。我现在想起当时的情景来就犯晕，你简直想象不出他当时的样子。唉，对付这样的人，你怎么办呢，你一点办法都没有。"他顿了顿，最后说了这样的话，"就像一种臭虫，即使你一个指头就能捏死它，你也会染上它的臭气，好多天都挥发不掉。"

我们又添了两杯酒，我说，"这酒可真不赖，一点都不苦。"

"有这么好的酒，我们今晚得多喝两杯。"

"是得多喝两杯。我太喜欢这个家伙了。百听不厌，真的，你想想，你给我讲了多少回了吧，我每次听起来都像是新的。"

"可不，我每次讲的时候也一样，就像是第一次给你讲似的。"

"你说这孩子心里到底是怎么想的？"我问胖子。

"他心里怎么想我怎么知道，我又不是他肚子里的蛔虫。"

"这个人，可真是琢磨不透。"

"其实还有更琢磨不透的呢。"胖子说。

我们碰了一杯。有好故事听，喝酒总是很有劲。

"你有过几年不换一次衣服的经历么？"胖子问我。

"没有。"

"他就这样。大学四年，我没见他穿过第二套衣服，总是大学一入校军训时发的那套军服。你不知道有多脏，打个比方吧，那衣服脱下来之后，自个都能站着了。他一般不洗衣服，你想啊，这套衣服洗了就没衣服穿了啊。成年累月也没见他洗过一回澡，你和他一起走，都能看见他头发往肩膀上滴油。"

"这可真够邪的。"

"这算什么。有一次我见他在床上躺着，光着屁股看书，就很纳闷，也没敢问他怎么回事。结果到阳台上一看，嘿，那套军服正在绳子上搭着，还滴着水呢。原来他还是洗衣服的。"

"还别说，他还真有办法。"

"从那次见他在床上之后，我就很少见他下过床了。在我印象里，他从那之后直到毕业再也没下过床，更不用说去上课了。尤其是到了冬天，干脆就躺被窝里不起来。"

"他这是跟谁较劲呢？"

"谁知道呢？问他为什么不起床？他只说天气冷，没衣服穿。一哥们好心送给他一件棉衣，他却给扔地上，说什么贫者不受嗟来之食，宁可不起床，也不穿别人的衣服。"

"呵，真有骨气。那他就再也没下过床？"

"呵，你不知道，他那被窝不动还好，就怕他动。他一掀开被窝子，那冲天的臭气，呵，简直能把人熏过去。"

"是够邋遢的。"

"他说过，他就是要过这种一辈子不下床的生活。"

"猪就这样干。没错，这可不是很有个性吗？"我为自己的刻薄呵呵笑了起来。

过了一会儿，换了一种语气，我说："其实这倒也蛮有意思的。小的时候，我们不也有这样的奇怪想法吗？我记得上小学的时候，天天起很早去上学，真是烦透了。后来老师开班会，问我们长大后的理想是什么？你猜我当时怎么说？"

"我怎么知道你说什么？我又不是你肚子里的蛔虫。"

"我说我的理想就是一辈子都不下床。"

胖子并没有感到惊讶，只是说："哈，你只不过说了一句实话而已。"

"是啊，当初我一点也没有难为情，那就是我真实的想法。"

"说不定那伙计从小也有这么伟大的理想呢。"

"没错。我猜他现在已经有一张属于自己的床了吧。"

"没错，他果然在床上再没有下来。看来他真要在床上了此一生了。"

"那也不错啊，总算是实现了个人的追求啊，"我说，"对这么一个可怜的家伙，有张床也算是幸福美满了。"

"哼，幸福美满，没错，既幸福又美满，吃喝拉撒都在床上解决了，睡觉还能做个好梦。猪就是这么干的。可是你想，谁给他提供这张床呢？"

"谁管这些呢？"

"是啊，我也这么想，谁管这些呢？"

"谁碰上谁倒霉。"

"没错，"胖子说，"除非遇上了好人，该倒霉的都是好人。"

"你们当初真该狠狠揍他一顿。"

"是该狠揍。"胖子说，"可我们没揍，主要还是老马不让我们揍。你不知道，老马人太好了，所以遇上这么倒霉的事情。那伙计刚毕业那会儿，根本找不到工作，也没地方住，就整天在街上瞎晃荡，到处借钱，到处蹭饭吃。凡是能骚扰到的同学都让他骚扰了一个遍，喏，我也不例外。在我那里吃顿饭也就罢了，还想住我那儿。假如那次我留他住下，说不定真赖我床上不走了。嘿呀，现在想想真够我出一身冷汗的。收留这样的人，也只有好人老马能做出来。"

"可真够糟的，这可不是请了一个爹吗？"

"这才刚刚开始呢！那伙计可真把老马的家当自己家了。他不是决定一辈子不下床了么？好，这伙计有高招。也不知道从哪里弄了一根皮管子，一头安在床上，一头通向厕所。通向厕所的那头直接与马桶相连，安装在床上的这头固定在床板上，并且在床板上打出一个洞，和管子相连。你能猜到他这是干什么吗？"

"简直是疯掉了！"我说，"如果我是老马，早就疯掉了。"

"这才刚刚开始呢！他还要每天按照自己的作息时间过有规律的生活。早晨五点起床，晨练，深呼吸，压腿，做广播体操，还跑步，这一切活动当然都在床上进行；然后开始读英语，我给你讲过吗？他住老马家的借口是考研，考研可不就得准备英语么，每天早晨学一个小时的英语；然后吃早饭，早饭是老马出去买回来的，用那伙计的话说是让老马顺便捎回来；吃完早饭，是一上午的学习时间，其实大部分时间还是睡觉，打呼噜，做梦，说梦话，磨牙，放响或不响屁，有时候还梦游，当然，梦游也从来没有梦游到床下去过，这一点他倒是有下意识的约束。白天和晚上都一样，尤其到了晚上，梦话说得尤其吓人，还伴有尖叫，呻吟和面孔上的甜蜜微笑。而且，最重要的进步是，他竟开始讲究卫生了。抽烟从来不将烟灰直接弹在床上，而是在床头安了一个烟灰缸。喝酒的呕吐物者通过那个直达厕所的管子来清理，吃的一些零食，果皮纸屑等杂物如果被窝里已经盛不下，他也会另想办法，至于办法是什么，我们并不知道。反正，他的被子再次被掀开后的冲天臭气我们是不用闻到了。至于老马的处境，我们可想而知。你知道，自从毕业到现在，也有好多年的光景了，也不知道那伙计考没考上研究生。那次见老马带着孩子在马路上行走，真不知道他心里是怎样想的。"

"可真够倒霉的。"

"好人都倒霉。"

"你碰上过这种事么？"

"可千万别叫我碰上。"

"真碰上怎么办？"

"三脚把他踢出门去。"

"可老马没这么办啊。"

"他是好人啊，好人都倒霉。"

"你说，那伙计心里究竟是怎么想的？"

"也许只有它知道。"胖子举手摸了摸头上的丝瓜。

我们又喝了一些酒，重新愉快起来。

"不过，老马可真够倒霉的。"

"是啊，但这也怪不得别人，"胖子说，"谁让他那么软心肠呢？结果成了这样，也算合情合理。"

"你是说有因必有果？"

"没错，伙计，你不是说我跟它有缘分么？"他举起手再次去摸那根大丝瓜，"有因必有果。我坐在这根丝瓜下面，就必然要给你讲这么一个故事。"

起风了，我们忽然都感觉有点冷。桌上的小蜡烛快被燃尽的时候，被风吹灭了。初冬的夜晚果然有了冷飕飕的味道。露天吧里只剩下我和胖子了。从我坐的地方向右看，在玻璃窗的那一面，那个欠钱不还的好伙计和那娘们还没走。好伙计正端着酒杯往窗外看。我相信他其实什么也看不到，但却看得出神。

"我还忘了告诉你，"胖子也往玻璃窗子那边看，"刚才的故事如果让那伙计知道了，说不定能写一篇很棒的小说。他可是个很好的小说家呢。"

"是吗？这倒很像，艺术家总是一些欠债鬼。"我说，"我们到里边去吧，我估计现在阁楼上应该没人了，我们上去再坐一会儿。"我对胖子说。

"好吧。"

我们端着各自的酒杯往室内走。室内也还只有三两个人。吧台上坐着一个西班牙小伙儿和一个中国妞儿，他们在学习用对方的语言调情。阁楼上果然没人了。我们从他们身后往阁楼上走。

这时候，坐在玻璃窗下面的小说家看见了胖子，高声喊了起来："嗨，胖子，到这边来。"

胖子走过去跟他打招呼。我要了份那种说不上名字来的洋酒，先上阁楼去了。

不一会儿，胖子，那不还钱的好伙计兼小说家，还有那个娘们一起上了阁楼。

我们继续喝酒。

"嗨，胖子，你说，我们还缺什么呢？有酒喝，有女人陪，朋友们在一起吹泡泡玩，生活不就这样吗？我们还缺什么？我觉得什么都不缺了。"

"是啊，伙计，你确实是什么都不缺了。可是有很多人心里都缺着一大块呢。"

"别人的心是幽暗的森林，"不还钱的小说家说，"你怎么知道别人心里怎么想呢？别人有别人的生活，你管别人呢。你管得来吗？"

"我们是管不来，再说，我们管得来又怎样？我们是管不来。"

"对啊，我们只要自己舒服痛快就行了。"

两个人你一句我一句地说着些废话，都靠在墙上，耷拉下脑袋，很明显是困倦了。那穿红衣的女人此刻也歪倒在那讲究痛快舒服的小说家怀里，看来真的是又舒服又痛快。不一会儿，三个人都响起轻微而均匀的鼾声。我说过，阁楼就是个昏昏欲睡，培养睡眠的好地方。我靠在海绵垫上，把自己的腿从他们三个胡乱伸过来的腿中间拔出来，扶着阁楼的栏杆，往阁楼下面看。只有某个角落的酒桌上还有人慢饮，吧台上已经空无一人，吧台里的小伙子也昏昏欲睡。我四周看了一遍，一点困意也没有，分外清醒。我的手轻轻拍打着栏杆，忽然发现上面刻着一行小字："别人的心是幽暗的森林。"我看了一眼那个有钱不还的小说家，他熟睡的脸上正有一丝狡狯的笑容。

阁楼三角形的坡顶上，开了一个小窗。我直起身子，脑袋正好探到小窗的外面。

从那里，也只能看见一些青瓦的房顶和铁丝一样的树枝。虽然风在吹，但算不上凌厉，相反，还有一些暖烘烘的感觉。天上堆积起厚厚的铅云，看来是要下点小雪了。不管怎样，初冬的晚上，下点小雪，使大地略微泛一点白，总归是件让人高兴的事情。

"看来我的运气还不算坏，至少到目前为止，还没遇上过这么倒霉的事。"我想。

访问床上艺术家

先拉开窗帘，外面一定是明亮的，那就好了，惊扰我睡不安稳的魔鬼就消失了；但我摸不到窗帘，好歹伸出手臂，摸到镜子。把直瞪着我的镜面翻过去就好了，那样魔鬼就没办法控制我；镜子很重，托在手里仿佛一块铁板，把正面翻转到反面异常吃力。只要镜子照到窗帘上就好了，魔鬼就会消失；终于将镜面转过去，使它不再照我，而照到窗帘上，映出一个圆圆的光影，里面有一双惊恐的眼睛。光影在窗帘上滑动，那双眼睛也在窗帘上滑动。镜子脱离我的手，飞到了空中。它在空中旋转，四处翻飞，像个厌世者那样摇着脑袋，屋子里跳跃着晦暗不明的光影。那光影无论跳到哪里，始终还有那一双惊恐的眼睛跟随。我被那些出现在墙壁上，天花板上，地板上和窗帘上的眼睛吓出魂魄，发出无声的尖叫，竟然折起身体，双手死命揪住窗帘——睁开眼睛，还好，保姆已经站在窗口旁边，她身后的窗帘刚刚拉开，还没有停止摇动。好了好了，这次是真的醒了。

在此之前，日常生活还算美妙。只是预感到将有陌生人来访，最近竟开始失眠，仿佛一块悬在大海上不肯下沉的巨石，疲惫，并且让人恼火。在浅浅的睡眠中，有时和陌生的访问者提前见面。我甚至已经在梦中回答了他的一切提问，自动坦白出更多的秘密，但他一点也不吃惊，使我不能得到回应的满足，只好在梦中郁闷地醒来。第二个晚上的梦境又接着上一个晚上开始。他坐在我的床前，我们从一问一答开始，争论不休，吵个没完；我们都很生对方的气，以至于醒来之后还依然生气，却已经不记得为什么生气了。他在接下来的梦境之中已经毫无耐心，一进我的门，就大声斥责我，拒绝我的友好请求，拒绝坐在我的床边；他一只手掐着腰，一只手指着我的面孔，出尽了污言秽语。而我只是向他伸出右手，一味表示和解。但他突然抓住我的右手，按在床板上，从腰间抽出一口长刀，开始他的雕刻。当再次醒来，把右手举到能够看清的地方，还好，虎口上那道美丽疤痕依然存在。这道疤痕从手背上开始伸展，越过虎口，一直绵延到手心，与手纹的生命线重合；而那道疤痕的主体像一个跳芭蕾的少女，跳跃在我手背的边缘，虎口之上。

我惧怕这个陌生人的造访，但却无法拒绝。

他毕竟还是来了。

先是听到陌生的脚步，一个台阶一个台阶蹬踏楼梯的声音。那声音由于在楼道里的回声已经不再清脆；也许他的鞋底是不够硬的那种材料，也许他抬脚的方式不够利索，那声音里面还带有拖沓的成分，以及鞋底粘着的细小沙砾与地面摩擦发出的暗哑和浑浊。脚步声在我的门前消失。我想在他敲我的门之前，至少应该有片刻的犹豫，至少不会立刻就把我的门铃按响。他应该最后再整理一下思绪，他应该再斟酌一下见到我这样一个人时所应表现出来的姿态，或者他应当很难拿定主意以怎样的方式跟我说话，因为我毕竟是个陌生的人，而在他的眼里，我又该是多么奇怪和不可捉摸的陌生人啊！但门铃忽然急促地响起来。他并没有犹豫。事情没有按我所想的那样进行，现在轮到我犹豫了。而门铃依旧响个不停。我憎恨这个人，他正以强有力的入侵扰乱我的生活。

我允许早已站在门边的保姆打开门，并且引领他来到我的卧室。我只允许他站在卧室门口。睁开眼睛，眼睛像往常一样只能看着正上方天花板的一小块。保姆从床头小桌上拿起一面镜子，递给我。我让镜子尽可能地贴近眼睛，并且旋转它的角度，从镜中寻找卧室的门口。镜面里出现了门口那个人。应该是下午了，室内的光线很暗。保姆将卧室里的各种灯具全部打开。我只能用眼角的余光扫视镜子中的人，看不清他的面容。我允许他走近，并不断调整镜子的角度，跟踪他向我走近的路线，来到我的床前，直到我不用镜子也可以看到他的脸。他很高大，很瘦；脸长，眼睛小；头发又细又长。他穿着红色的棉外套，外套很红，很刺眼，我很久没见过这么刺眼的颜色了。"你好。"他伸出右手。我犹豫了一下，跟他握了。他的手很有力，很温暖，很潮湿。保姆将他的红色外套拿到客厅去。他的羊毛衫是绿色的，很绿，刺眼的绿。我示意他坐下。他就拖了一张椅子随便坐在我对面，双膝几乎顶着我的床。他这样一坐下，我又看不见他了。只好再次举起镜子，镜子朝向他的面孔。我转动眼球，看着镜子里的陌生人。

"你早知道我会来，是吗？"那个人一开始说话，就并拢双腿，身体坐直，双手分别摁在膝盖上，他大概意识到刚才太随便了。"你这样到我这里来，不觉得有些冒失吗？"我问镜子里的人。"当我刚产生这个想法的时候，确实感到很冒失，但这已经是好多天以前的事情了；我说服了自己。我认为我来看望你，是再自然不过的事情。"他说话的时候没有看我，而是专注于我手上的镜子。我知道他并不能通过镜子看到我，而可能只看到我的半张脸或一只眼睛。我说："你一定感到很好奇吧？"他没有回答我，这使我感到一种威胁。我举着镜子，却好像是被偷窥。他紧闭着嘴唇，不急于说出要说的话，仿佛等待着我自己将话匣子打开；仿佛一个掌握了所有证据的密探，他给我带来危险。

我们僵持了一段时间。我的手有些疲惫了，将那面小镜子反扣在胸口上。

我举起镜子，问他："你以前认识我吗？"镜子里他摇摇头。晃晃镜子，他的面孔跳跃起来，我说："那么，我有什么可以帮助你的吗？"镜子里的他沉思了片刻，点了点头，说："应该是的。"我笑了："很高兴你这样说，但我实在不知道那是什么。"我看着镜子，我真的很讨厌这面镜子。我拿着镜子的手松弛下来，胳膊伸到床沿以外，快要碰到他的膝盖了。他下意识地将碰着床沿的双腿回收，椅子在地板上发出吱吱的尖叫声，他和椅子一块后退了。镜子从我的手中脱落，掉在地板上，发出清脆的碎裂声。保姆听到这种声音，拿着笤帚和簸箕幽幽地走进来，清扫干净陌生人脚边的玻璃碎片；从桌子的抽屉里，又拿出一面镜子，递给我；她像进来时那样悄无声息地出去。

"我是一个作家，"他说，"我最近在写一篇小说——"我举起新镜子看他，他却又将嘴巴闭上了。我只好把双手摊开，苦笑着对他说："不好意思，我很久不读小说了。"我目不转睛地盯着镜子。他接着说："小说讲了一个人心不可测的故事。"我从嘴里吹出微小的呼哨，并伴有一个表示赞赏的叹词。他又接着说："但这个故事并不成功，只是最后提到一个床上艺术家的时候，才引起一些人的兴趣；我发现我的趣味和许多人不同。""那么，你一定是个不错的小说家。"我这样对镜子说。小说家没有回应我的恭维，只是接着说："后来我接到一个电话，说有一个真正的床上艺术家。"我听他说完，将镜子对准自己，做出一个不太难看的笑容。

我说："我讨厌镜子，所以要摔碎它。"他在镜子中报以理解的微笑，说："镜子确实是讨厌的，它只告诉你假象。"我说："我端着镜子照来照去，照自己照别人，已经照了二十多年，那么就是说，我在假象中生活了二十多年，是吗？"镜中人摇摇头，说：

"这二十多年当中，你不知道要打碎多少面镜子的吧，那么是否可以说你在反抗假象的斗争中生活了二十多年呢？"这可真是个自作聪明的家伙，我脸上重新洋溢出笑意："你现在就在我的镜子里，那么，你和你说的话算不算一种假象？"自作聪明的小说家又没有回答我，镜中的他不知道看见了什么。过了一会儿，他对我说："你的客厅里有一面很大的镜子，足有一面墙那么大。""是的，我已经忘记那是什么时候主人安装的了。"我举起小镜子向客厅的大镜子照去，只有白晃晃的虚无，"呵呵，有时候我的保姆会在外面照大镜子，而我则通过小镜子看到她的一举一动。她一般不会到我的卧室来，但我的一举一动她都知道，那面大镜子是她最好的眼睛。"我旋转小镜子的角度，让它能够反射床灯的光到客厅的大镜子上去，"有时候我想，保姆说不定也像我痛恨小镜子一样痛恨大镜子；她如果也做梦，不知道在梦中打碎它多少次了。""所以我说，人心都是不可测度的，就像一座幽暗的森林。"镜中的小说家说。

我们又有很长时间的沉默。我不是一个让人愉快的人，他则是一个让人不愉快的家伙。我想如果再打碎一面镜子，他或许就会说出他想要的；但我不想再惹我的保姆不高兴了。我闭上眼睛，昏昏沉沉地准备睡去。旁边坐着一个人，终究不能睡得踏实，但我宁愿假装睡去。我假装睡着，假装睡着。他问我："你睡着了吗？"我说："是的。"然后睁开眼睛，举起镜子重新审视这个赖着不走的人，我大吃一惊。我的镜子里忽然冒出一阵浓烟，浓烟被镜子先吐后吸，扑满我一脸，熏得我流出眼泪，然后感受到一股强大的吸力，烟雾裹挟着我的脸向镜子里面卷去，我的脸卡在镜框之外，碰出几股鲜血来。镜子重又清澈如初，陌生人站在镜子里满脸悲悯，而他的手上竟然也拿着一面镜子。他手上的镜子里，恰恰是躺在床上的我。我通过我镜子里显现的他的镜子看清楚了自己的面容。我真的是老了，再也不是二十多年前光滑紧绷的皮肤，我的面皮仿佛一张被揉皱的塑料纸裹在头上，苍白，肮脏，破旧；头发倒是没有怎么发白，只是早已经脱落得没有几根；而眼窝里堆满了大块大块的眼屎，快要把整个眼眶糊住，已经看不清瞳孔里的光芒，两颗小小的玻璃弹子如今变成小泥球；鼻梁早已经朽坏，刚才因为与镜面的碰撞，原先还好歹撑着架子的鼻孔彻底瘪了下去；再看我那曾经充满诱惑的两瓣嘴唇，如今像两尾死在滩涂中的小泥鳅，不但发出腥臭，还流出黄褐色的脓水。而那长期盖在被褥下面的身躯是怎样的身躯啊，一把秋天的棉花柴，轻轻一捏就啪啪地断掉了。我正端详到这里，不料那镜中人竟然跳到我的床上来，在我的肢体上尽情地蹦跳踩踏："看你这所老房子，不信踩不漏你；看你这所破宅子，不信拆不烂你。"他边蹦边笑，最后将我的骨骼踩成粉末。我依然通过我的镜子看着这已经发生的一切；而他在我的镜子里依然举着自己的镜子欣赏着自己的表演。他停止跳跃，转过脸来，一只大手从我的镜子里伸出，直取我的咽喉——"啊——"我长呼一声，身体一震，睁开眼睛。明白又是一场梦之后，依然不能抑制紧促的喘息。

他站在我的床边，弯着身躯，那张可怖的长脸几乎碰到了我的鼻梁。我在惊恐中扒开自己眼皮的一刹那，他迅速挺直身体。他的手有些慌乱，一只抚摩自己的腮颊，并用小无名指抠着下巴，而另一只依然没有找到合适的位置。"你刚才睡着了。"他说。我没有开口。"十分钟，仅仅十分钟。"他举起那只正无所适从的手臂，露出一只发出蓝色荧光的手表来。我不可能看清那表上的指针，只得将已经掀开的眼皮重新闭上。

"你不要怕，我是一个写小说的人，只想换取你的故事。"他终于说出他想要的。"你想用什么来交换呢？""用我的真诚。""我怎样来检验你的真诚呢？""你无法检验。""那么你怎么检验我的故事的真诚呢？""我也不能检验。"我重新举起镜子，看着那个穿着绿色羊毛衫的作家，良久才说："我先前还以为你是一个密探。"他在镜子里做出一个拙劣的笑容作为回答。他从椅子上站起来，拿起那面反扣在我胸口上的镜子，端详良久。他拿着我的镜子在卧室里逡巡，像一个阴阳师那样四处照着，最后照到我的脸上。他说："这些镜子陪伴你这么多年，也许，它们也能够说出你的一两件故事来呢。"他的脸上泛出一丝难以觉察的笑容。

我于是也回报镜子一个微笑，但镜子里的我对这微笑却不太满意，于是镜子里的我重新做了一个笑容，可是我又对镜子里我的笑容不满意。我们俩互相不满意，只好彼此笑个没完，直到我的面部肌肉失去控制地颤抖不已。我对此既不感到痛苦，也没有什么欢乐，仿佛与我无关，但又沉迷于这种无关。这时候保姆进来了，她用她的两双胖手紧紧捂住了我的脸，但无法制止肌肉的跳动。她捂了一会儿，力量渐渐放轻，两只手掌一左一右缓缓蠕动，安抚那兴奋的肌肉，要它们乖，不要调皮，轻搓慢揉，好话说尽，无尽温存；但这对吃硬不吃软的孩子来说并不能奏效，继而化掌为钩，捏掐扯拽，狠撕猛扇，暴风骤雨，厉声咒骂，穷极凶恶，直到我脸上那些左冲右突，上蹿下跳的困兽们慢慢平息下来，仿佛一场搏斗后睡去的疲倦，婴儿发出咿呀的呻吟，恋人说出呢喃的絮语，乖啊真乖，它们都真的乖了起来。保姆从我脸上收回肥大的手掌，照例不说一句话，幽幽地退去。

"你已经在这张床上躺了二十多年。""没错，还有两年就二十五年了。"我说。"你好像很在意你躺在床上的年数。""是啊，我每天都在计算，这是一种乐趣；我知道了我已经在这张床上躺了多少年多少天，我又想在这里躺多少年多少天。我每天都充满成就感，每天都充满继续活着的希望。"我说出这些话的时候张开了眼睛，对自己充满了惊异：我不能确定我所说的是不是我真的所想，但我这样说出来之后，却真的自豪满怀。他重新坐回椅子上，说："除此之外，你还有没有别的乐趣?""啊，别的乐趣，那简直太多了。我学习辨别各种声音，人的声音，动物的声音以及机器的声音；但我尤其沉迷于幻听的声音。幻听不是虚幻的，那声音实实在在存在着，只是有些遥远和飘忽，我们才往往忽略掉它们，以为那是幻听，是假象。但幻听是不存在的，而你无论听到什么，那都是真实。我曾经听见一只鲸鱼在深海里的呓语，听见沙尘吹过草原，一株三叶草'劈啪'被折断细茎，听见光秃秃的白桦林在冬季里发出呼喊，听见牛奶倒进玻璃杯，听见苹果被削去果皮，听见高压线下一个孩子发出惨叫，听见斑斑驳驳的火苗烧到农夫的眉毛，听见手术刀'咝咝'犁过皮肤，听见电流'啪啪'捶击着心脏，听见铁棍砸在肉体上的沉闷之声，听见车轮紧急刹车时与地面的摩擦，还听见子弹穿过胸膛发出有节奏的'噗噗'声。我听见一种音乐在我的脑海里奏鸣，我从来没有听到过这样美妙的音乐，但这音乐又是那么熟悉，以至于我在倾听的同时又自动地演奏着；那最主要的旋律，那最绚丽的华彩，仿佛动画一样漂浮在脑际，鸣响在耳边。"——我猛然察觉自己正一发不可收拾地说着诳语，我得意于这样的絮语，但又不得不警惕着他的倾听。我让自己停止。

"那么，尔的乐趣一定还不止于此吧。"镜子中他的表情仿佛无限入迷似的瞧着我苍白的脸颊。我注意到我的脸颊和梦中是那么相似，心中一震。"我想你必定还擅长于对光线的分析，对幻象的迷恋。你也必定会说那幻象是真实存在的，正如你的幻听一样。是吗？"镜中人换了一身衣服，他的鲜绿色羊毛衫不见了，现在穿在他身上的是一身黑色的制式西服，料子很薄，却黑得惊人。西装里面照例应该是雪白的衬衫，还有松松垮垮系着的一条细长的黑色领带。这领带的料子也不能说好，但也黑得刺眼。再往他的头上看，是墨镜和礼帽，黑得惊人的黑色礼帽。我回答他说："是的，你说得对极了。我躺在床上，脖子已被石膏牢牢地固定住，头不能转动，身体也不能翻动，除了手，只剩下两颗眼珠子兀自滴溜滴溜地转动，也只能看到天花板的一小块范围。你现在随我看那天花板，那里有两三颗黑的小点，保姆曾告诉我那是苍蝇的屎，起初我还相信了，但后来经过长久的观察，知道那并不是苍蝇的屎。"我顿了顿，问镜子中的黑衣人："你看那到底是什么？"黑衣人再次从椅子上起立，昂头去研究那几颗黑色的小颗粒，他研究了半天，嘴唇嚅动了两次，没敢轻易说出结论。我鼓励他："说吧，把你的看法勇敢说出来。"他低头看我，又抬头看那天花板，然后坐回椅子，思考了一会儿。"那是什么？"我问他。他推了推鼻梁上巨大的墨镜，仿佛害怕我看见他的眼神。他说："我看那确实是几颗苍蝇的屎。"我说："但我看到的和你们不一样。在我所看到的天花板上，画着的乃是一张藏宝图。从我这个角度来看，这几个黑色的小点，正是那藏宝图上几个神秘的符号，也许是藏宝的地点，也许是几个陷阱，而真正的宝藏仍然没有人知道。我早就破译了这个秘密，却不能付诸行动，完全因为我瘫痪在床。当我决定下床开始行动的时候，却真的不能下床了。"——我心中警惕的闹钟再次鸣响，我讶异于自己对嘴巴的再次失控。

我对着镜子说："你该不会真的相信我所说的吧。"镜子里的黑衣人摘下墨镜，说："不，你其实什么都没有说。就算你说出了你不愿别人知道的秘密，我对这秘密也不感兴趣。我感兴趣的是你真的瘫痪了吗？""你来这里探访我，带着一副同情加怜悯的面具，骨子里却有压抑不住的好奇。我从镜子中很快读懂你的心理。你一定想知道我这么多年究竟是怎样熬过来的，你一定想看清楚我的可怜相，而回报我伪善的同情。这与其说是对我的探视，不如说是对我的参观和窥探。你没有白来，你收获了很多稀奇古怪的信息，你目睹了一个在床上躺了二十多年的怪物，而且这个怪物手中还有一把特别好玩的小镜子。怪物在镜子里看人，与镜子说些癫狂的话，却无法看真正的人一眼。"黑衣人说："你一定认为我侵犯了你的尊严。"我惨然一笑，反问他："难道我还有什么尊严吗？像你这样一个素不相识的人都可以不请自来，随便参观，我还能顾及什么尊严？我只能尽最大努力满足各位的好奇了。""但我确实是把你看成一个艺术家来拜访的。"镜子中的人一脸诚恳地辩白。

"我知道你是来讨我命的人。"我凄凉地说下去，"我刚才做了一个噩梦，在梦中，你扼住了我的喉咙；我的生命，如果还算条生命的话，已经攥在你的手中了。自从我预感到你要来之后，我就从来没有停止过不安，只是那种不安是那样可怕，我无法确知你的形象。每一个失眠的夜晚中，都感受到你的威胁，却捉摸不到你的形体，你在黑暗中遁形，四面八方地攻击我，你仿佛就是整个黑暗。你来登记我的生活履历，抓取我的灵魂，为的是你自己的灵魂。我躺在床上二十多年，还有什么不能参透呢？你把我当成一个艺术家，实在是对我莫大的嘲讽。"我将手里的镜子反扣在胸口上，不再担心面向虚空，给一个看不见的人讲话。

"好，我来讲我的故事。"我说，"你无非是想知道这么多年我为什么没有下床一步，你无非想从我这二十多年的怪诞生活中挖掘出一些奇异的东西。可是我要告诉你的是，没有。我的一生平淡无奇，我像许多同时代的人一样，出生，发育，成长；上学，毕业，工作。我和其他的正常人一样，吃饭，穿衣，走路，喜欢运动，兴趣广泛。我的职业是医生，我的家庭是个医学世家，我的父母，兄弟，姐妹都在不同的医院从事各自的医疗工作。我和其他人一样上班下班，给病人看病，开药，打针，做一些力所能及的手术。我在职业上没有什么野心，只想安安静静平平和和地在这个城市度过一辈子。我不想离开这个城市，也从没有离开过这个城市，我不承认除此之外还有比这个城市更好的地方。我喜欢待在这里，了此一生。你可以认为我是一个厌世者，可我没有什么可热爱的。我觉得这很正常。我来到世上，我生活，我死去。我不向世界索取什么，也不欠这个世界什么。我心安理得。我按照一条规定的道路走下去，我不想越轨，不想有幻想，不想打破既定的一切。可是，有一天，我被告知将派遣我到山区去行医。我讨厌这个任务。为了逃脱它，我称病在家，老老实实待在床上，直到他们另派一个人去了山区。我被准许在家休养。在这期间，由于长时间没下床，令人感到意外的事情发生了，我对不下床的生活产生出无限的兴趣，几天不起床也不再有不舒服的感觉。就这样躺了一年，两年，三年。有一次，我想下床去走走，刚想移动身体，却感到双腿已经不存在。我知道我是真的瘫痪了，全身性的瘫痪。你看到了，我的颈椎被固定，双腿被捆绑，一动不动的生活，持续了二十多年。"

我最后对他说："你看，我的故事就是这样。"

"可真够乏味的生活。"他说。

"是的，可怕的乏味。"我回答道。

"不过这不是我想要的。"他说。

"你究竟要什么呢？"我问道。我没有听他再说什么，只感到一种深沉的困倦。

这时候，保姆幽幽地来到我的床前，她的手里提着一根木棍。那根木棍攥在她的胖手里，粗细正好。"先生，休息的时间到了。"她对我说。我眨了一下眼睛，表示同意。她于是举起手中的棍子，重重往我的脑壳上砸下来。

"他睡下了，先生。"保姆对来访的客人说道，"那么，您请便吧。"

七叶草

——献给李金发和野狸红

我们散步在死草上，

悲愤纠缠在膝下。

粉红之记忆，

如道旁朽兽，发出奇臭，

——李金发《夜之歌》

在广州的几天里，一直在宾馆看电视，然后睡觉，饿了就泡方便面吃。我想我只能泡方便面吃；曾经试着换个花样——泡米线，结果水总是不热，泡不开，而且，速食米线的味道我也吃不习惯，只好还是回去泡方便面。老是下雨，晚上根本没有停过，倒是白天还能歇一会儿。白天，我正好凑着雨停的当儿，出去买方便面、啤酒和榨菜；一次绝不买很多，免得老是待在屋子里，找不到出来透透气的借口。

我愿意提着买回来的方便面和啤酒在附近转一转。我决定把这里摸熟，摸清每一条小巷通向哪里。这样的散步很有乐趣，因为我只是散步，不说诳，不问路，也迷不了路——大不了按原路返回。我努力记住那些小街的名字，每个小卖部、门头房的招牌，一些单位的名称，几个小区的门牌号。我还试着走进一些单位或者小区的院子，从一个门进去，再从另外一个门出来，有时候是这样，有时候还不得不从原来的门里走出来，因为我找不到另外一个门，或者它根本就不存在。没有人注意我，也没有人阻止我，这是我喜欢的方式。还可以看到一些偶然发生的事件，比如那一次，我就看见两个男人在打架。一个人蹲在地上，双手抱着头，把脸深埋在双腿中间，叫也不敢叫出声音；而另一个则站在他旁边，穿着拖鞋的脚猛踢那蹲着的人的脑袋，嘴里说着什么，我没有听懂，表情恶狠狠。小街上来来往往的人走着各自的路，仿佛没有看见，仿佛根本没发生什么，仿佛这都是司空见惯的事情，他们甚至连瞅上一眼的心情都没有。其实我也差不多是这样，我好奇的只是那个蹲在地上的人怎么就那么稳稳地蹲在那里，无论怎么踢，都踢不倒他。我想这样的散步无论如何没有什么坏处，但也只能这样而已。我还没来得及将这一带的情况摸熟，就自己先厌烦了。

宾馆里的电视可调换的台不多，几乎全是粤语节目，看着看着就困了，做几个梦，被梦惊醒，想要回忆一下，却又什么都记不起来，而电视里还是那样呜哩哇啦的粤语。终于找到一个有中文字幕的频道，正放一个好莱坞电影，讲的是一个疯狂小说家边杀人边创作小说的故事。他的小说描述着未来所要发生案件的一切细节，直到最后，他给小说设定的结尾竟然是自己被警察从背后开枪打死。其实我早就料到这个电影的结局；耐着性子看下去，只是想印证一下我的推理。好莱坞的电影总是会满足你这样的推理欲，并给你成就感，看好莱坞电影的乐趣就在这里。不过，这次因为是深夜，又是在陌生旅店独身一人，看完电影之后竟然很长时间不能入睡，眼皮很反常地无法合拢，冷气开到最大，而脚心仍然不住地出汗。我半躺在床上，想了想，起先还以为是失眠，四周看了一下墙壁之后我才承认，我感到恐惧了。

　　落地的窗帘静止不动，外面照旧还是电闪雷鸣和哗哗的雨声。白天我曾经拉开窗帘往外看过，只不过什么也没有看到。窗外只是一堵石墙，生满绿苔，爬满藤蔓的石墙，比雨水还要大很多的水流从石墙上不断冲刷下来，以至于扑打在茶色窗玻璃上，溅起许多细小的水流又从玻璃上滑下，印出一条条的泥痕。我没有打开过玻璃窗，所以看不到石墙上面有什么，但这样风就没法吹进来，那落地的窗帘也就不会颤动。我已经在床上坐直了身体，我一直注视着落地的窗帘，我想，除非动手去拉它，它是不会动的。这样想着，仿佛为了印证这个看法，我观察了它一会儿，它果然一如往常，一动不动。我知道窗帘背后并没有什么，但我不能放心。我知道我完全可以拉开窗帘去看，但我不想对自己的判断表示怀疑。我不能不相信自己。

　　早就定好了一张去梅州的卧铺夜车票。当天下午，天还没有黑，我就收拾行李，步行去火车站。这几天的闲逛让我发现了一条去火车站的捷径。我只要跨过那个横在铁路线上面的过街天桥就是广州站了，而我当时选择在这个地方逗留，还是打了车转了好多圈才停下来的。我知道那座过街天桥是著名的杀人桥，这不是听什么人说的，是桥自己告诉在它上面行走的人们的。你走到桥的中央，那里有一座铁皮小屋，小屋的墙上用红漆涂了一行大字：此桥经常发生命案，请过往行人不要逗留，速来速往。字迹潦草，仿佛是用血涂上去的，既肮脏又血腥。铁皮小屋没有窗户，只有一个小铁门，一把生锈的大锁挂在上面。铁皮小屋的墙壁和天桥栅栏的夹角里，堆积了很多杂乱的啤酒瓶，有一些还骨碌骨碌地滚到天桥通道的中央，故意绊行人的脚。小铁屋原本是白色的，这从铁皮上那些斑驳的锈迹可以判断，但南方多雨的天气使它很快锈蚀了，成了现在这种颓败和凶恶的面孔。桥上行人步履匆匆，我也不例外；只是我更注意那些逗留者。黄昏的天桥上，逗留的人还真的不少。白西服的胖男人在和长发女人拥抱，不顾栏杆的肮脏，使劲将女人按在栏杆上；学生装的少年双腿搭在栏杆外面，手里夹着白色的烟支，向着呼啸而来逶迤而去的列车吐着淡淡的烟圈；衣衫褴褛的人时刻警惕着身边熟睡的酒鬼，怕他翻身起来抢走自己的荼缸；还有头发蓬乱的女人向整个天桥扫射着仇恨的眼神。当我坐上火车的时候，天已经暗了下来，而且在候车室候车的时候，外面又下了一阵雨。我走在站台上，已经看不见那个过街天桥。

> 朦胧的世界之影，
>
> 在不可勾留的片刻中，
>
> 远离了我们
>
> 毫不思索。
>
> ——李金发《里昂车中》

放好行李之后，我到列车车厢的尾部抽了一根烟。脸紧紧贴住车窗，双手挡住车内的光线，希望能看见车外的夜景，但看到的只是无边的漆黑，甚至连远方零星的灯火都消遁了。我失望地回到车厢里，坐在走廊的小椅子上，还是像刚才那样，又做了一次努力，企图看清楚窗外。

"什么都看不到，外面正下雨呢。"对面的人说。我转过脸来，看到一个和我年龄相仿的人的面孔，只是他的衣着比我光鲜了许多。"是啊。"我说，看了看他，又转过脸去看漆黑的车窗，车窗上返照出车内人的影子。我看到了我的面孔，又转过脸来面对他，笑了一下，索性直接看着车内的情景了。

"现在是朝哪个方向开？"他问我。我看了看他，还是转过脸看车内，"不知道。"我说。"你是北方人吧？"他问我。我只得回答："是的。""我也是北方人。"他提高了调门说。我再次转过脸，多看了他一会儿，"是吗？你是哪里人？"我问。"我湖北人。"他说。我哦了一声，继续看着车内的某个地方，我也不知道我究竟看到了什么，老是在走神。湖北什么时候也属北方了？想不明白。"你是哪里人？"他问我。"我山东的。"我说。"哦，怪不得。"他笑了，眼镜框上流出一道亮光，我这才注意到他戴着眼镜。"怪不得什么？"我问他。"听说山东人都是人高马大，今天一看果然是这样。"他说。"是吗？"我只是像刚才那样笑笑，不想多说什么。

他问我："你在广州工作吗？""不，"我回答，"我没工作。你呢？"他推了推眼镜，身体靠着车厢捋直了，说："我在广州搞水利工程设计，这次去河源看一个工程，那是我主持的。"他看着我，我只是扫了他一眼，又看着别处了，我"哦"了一声，还向着车内点了点头，算作回答。"啊，那是我第一次主持的工程。"他似乎兴奋了起来，又补充了一句。"是吗？"我说。"是啊，我去年刚毕业，不到一年的工夫就独立主持一个工程。"他嘴角流露出阻挡不住的自得。"那很厉害啊，一般人需要几年才可以？"我似乎也有了一点兴趣。"哦，那可说不准，我有个同事都快退休了，还没有独立主持过工程呢。"他说。"你很幸运。"我说。"不是的，主要是我有这个能力。"他纠正了我的回答。"哦，是的，当然。"我说着，手去抚摸黑色的车窗。车内的冷气很足，一点感觉不到闷热，只是不知道外面的雨下完了没有。"南方就这样的天气。"他说，"一开始很不习惯，食物也不好，一段时间真想回北方去。""你是说湖北吧。"我说。"是啊，湖北也不错，可毕竟不如这边。"他叹了一口气。"你可不能回去。"我说。"是啊，我若回去，说不定就要到乡下去修建蓄水池去了。"他大声笑起来。我又一次中断谈话，但却没有意识到。

"你去哪里？"他问我。"啊，我买了去梅州的票，就去梅州吧。""那很好，这车很快，明天一早就到梅州了，你可以很安稳地睡一觉。"他说。"你呢？"我问他。"我去河源，半夜就要下车了，恐怕睡不好觉的。"他说。"广州到梅州有多远？"我问他。"不到五百公里。"他说。"那很远啊。"我想了想，说道。"反正你明天一早就到了，不必担心。"他说。"梅州在广州什么方向？"我又问了。他想了想，说："应该是东北吧，快到福建和江西了。你去那里做什么？"我揣摩了一会儿梅州的大体位置，说："嗨，算是找个人吧。不过谁知道呢？"

我问他："现在火车是什么方向？"他说："应该是东南，先到东莞，再折向北到惠州、河源，然后就是梅州了。"我再次将头摁在窗玻璃上往外看，已经看到点点的灯火。"那就是东莞了。"他说。雨大概在东莞停了。年轻的水利工程师爬上自己的床位上去，用报纸蒙住脑袋，开始睡觉了。我走出车厢，又点着了一根烟。等掐灭烟头的时候，外面又是一望无际的黑暗了。我不想睡觉，靠着列车门定定地站了一会儿，又开始抽烟。等我回到车厢里去的时候，年轻的水利工程师已经将脸上的报纸扯了下来。我躺在他的下铺，听见他不断地翻着身体，过了一会儿，出现了叹息声。我想我还是睡吧，等我再次睁开眼睛的时候，我就看不见他了。

"你还没睡着？"他探下半个身子来，问我。我睁开眼睛，又看见了他。"你还有烟吗？"他问我。我说："有。"他从铺位上下来，从我的烟盒里拿了一根烟，走出车厢去了。我在床上继续躺了一会儿，也起来向车厢外走去。"嗨，我没有打火机。"他说。我才看见他只是夹着一支没有点燃的香烟，靠在车厢的墙壁上，瞪着的眼睛，一眨也不眨。我先给他点上，又给自己点了一根。

"上学的时候抽过一段时间的烟，我们那时候抽的是'红金龙'。"他说。"那烟不错，我抽过，只是有点骚味，很不习惯。"我说。他笑笑，说："但后来就不抽烟了。""为什么不抽了？"我问他。"有骚味嘛！"他哈的一声笑了起来。"这种烟抽过吗？"我问他。"第一次。"他看了看我，笑着说。"味道怎么样？"我问他。他煞有介事地品了品，说："嗯，不错，只是——怎么有中药的味道？"我说："肯定是你中药吃多了。"这是我们第一次开玩笑，虽然不怎么好笑，但我们还是一起笑了起来。

"外面还是黑洞洞的。"

"对，什么也看不见。"

"睡不着吧。"我说。

他深吸一口气，掐掉那半截烟头："你不知道，其实我很紧张。"

他的面孔印在黑黢黢的车门玻璃上，现出几个模糊的重影。

> 我的故乡，远出南海一百里，
>
> 有天末的热气和海里的凉风，
>
> 藤荆碍路，用落叶谐和
>
> 一切静寂，松荫遮断溪流。
>
> ——李金发《故乡》

车快到梅州的时候，我起床收拾行李，顺便看了看他的铺位。他收拾得很整洁，好像上面根本就没有睡过人一样。

天还没有亮，但也快亮了。我提着行李走出梅州火车站。清晨的雾气非常大，三三两两下车的人走在匝道上，只能听见鞋跟敲打水泥地面的声音；人们打着哈欠，懒洋洋地说着什么，往站外广场上走。路灯很稀疏地亮着，发出暗淡的橙光，一条马路从广场上直直地伸出去，消失在浓重的雾气中。除了身在其中的候车厅，看不到周围有什么建筑物，火车站在一片荒野中。许多骑着摩托的人纷纷打亮车灯，在广场上、候车厅门前招揽生意。

我提着小小的旅行包，在人群中无目的地逡巡。

"◎＃￥%…$…※！"一个戴头盔的家伙向我喊着。我看了他一眼，没有吭声。"要进城吗？坐我的车吧，很便宜的。"他继续和我攀谈。"你刚才说的是什么话？"我问他。"啊，刚才么，我以为你从广州来，能听懂广东话的嘛。"我点点头，不理他了。"走不走啊？"他骑车慢慢跟着我。"不了，我天亮才进城。"我说。"天亮还早么，你若过江的话呢路还很远，不如搭我的车。"他说。我向他摆摆手，回到大厅里去了。"你怎么连价钱都不问，可以商量的么！"他在我身后喊道。许多摩托车已经揽到生意，突突突地载客人进了。过了几分钟，不大的车站广场冷清下来，依然有三三两两的旅客在候车大厅内外逡巡着，同样的，依然有三三两两的摩托车嘀嘀地响着发动机，等待有生意来。广场边上，偶尔有一辆出租汽车，悄无声息地停在那里。

　　我在候车室里兜了几个圈子。候车室也很冷清，那些在里面摆摊卖东西的人还都在柜台后面的简易床上躺着，偶尔有轻微的鼾声响起。也有起得较旦的女人开始收拾自己，并且做早点了；我经过她们摊子的时候，她们没有忘记顺便兜揽一下生意："看一下啦，有什么需要的？"在靠近候车大厅门口的地方，有一个专门卖刀具的摊子。他的柜台里摆着几把带套的匕首，匕首套和刀把上都镀了铜或者锡，不是多好的货色，上面蒙着一层厚厚的尘土。我站在柜台前，又有些走神了。"你要买刀？"那人从躺椅上努力睁开眼睛，双手干搓了几下双颊，清醒过来。"看看。"我说。"这都是些破铜烂铁，你要看好的，我也有。"他说着，从躺椅后面的箱子里翻出几把来，扔在玻璃柜台上，发出清脆的响声，整个空荡荡的候车大厅都有回音。"这都是很好的新疆刀。"他说。我拿起一把，端详了一会儿，问他："都是真的么？"他嘿嘿笑起来："您是识货的人，我还能骗了你么。""你从哪里弄来的？"我用拇指试着刀的锋刃，问他。"你买我一把刀，我就告诉你。"他狡黠地笑了起来。"好吧，"我说，"你告诉我之后，我就买你的刀。"他装作沉吟了一番的样子，说："我告诉你就是了，又没什么大不了；我儿子是个教书匠，教了一帮新疆来的学生。"我用异样的眼神看着他，说："是吗？""是啊。"他说，"你不信我也没办法。""那好，我信了，"我说，"你这里有没有水果刀，我买一把。"

"老表，你搭车么？"

"不搭。"

"你告诉我去啥子地方，我带你去。"

"不去。"

"价钱可以商讨的。"

"不商讨。"

在候车大厅门口的另一边，摆着一个长椅。长椅上坐着两个老年人，应该是夫妇吧，老太太胳膊里挎着一个包袱，另一只胳膊死劲抱着老头儿的胳膊；而老头儿的另一只胳膊里，夹着一条鼓鼓的塑料纸袋子。跟他们说话的人还是那个刚才向我揽生意的人。现在他已经摘下了头盔，露出了蓬乱的头发，并且将头盔夹在了胳膊的下面。他穿着短裤的两条短腿，一条支撑着整个肥胖的身体，另一条斜撇着，脚底板敲打着地面。候车厅门口内外聚集了几个人，除了候车的旅客还是那几个揽生意的摩托车主。摘下头盔的男人继续向别人兜揽着生意，可是似乎没有人愿意进城。他对众人说："这对老夫妻可真奇怪，问他什么都说个不。"众人里传出来几声低低的笑声。

"老表，你这是在等车么？"他继续问下去，他已经问出许多乐趣来。老头儿干脆不搭理他了。

"老表，你要去汕头么，还是潮州，要不就是去揭阳吧？"他给自己点了一支烟，吸了一口，继续说："我告诉你晓得哦，刚才那一趟从广州开过来的车就是去汕头的，你莫不是错过了吧。其实错过了这趟车也没关系，去汕头的车很多的，潮州啊，揭阳啊都很多车，你莫担心啊。"那老头儿也不看他，只是好像看向另一个地方，说："◎＃￥％……※。"那摘下头盔的男人说："不担心就好，我怕你担心么；老乞人，出门不容易的。"他摇摇头，转动了一下身子，看见我走了过来，打招呼说："嗨，想好没有，搭不搭车？"我还是摇了摇头。"你刚才买了什么？不要上当啊，这里东西好贵好贵的。"他提醒我说。我点点头，算是回答他。

"今天好奇怪啊，遇到两个客人，不说去哪儿，也不搭车，也不问价钱，好像我能把你们吃了似的。"他这话既像是对我说的，又像是对那一对老人说的，而更多的，像是对众人说的。"今天生意注定不好了，不如收车啦。"他对另一个戴头盔的人抱怨着。"莫要着急嘛。"那人安慰他。"也不晓得今天触了什么霉头，刚才广州来了好多客人，我愣是一个生意也没揽上，好凄惨的。"他继续抱怨着。"嘿，我都跑了两个来回了。"那人说。"你烧的什么高香啊。"他唉声叹气了一阵。那个与他说话的人又揽了一趟生意，走了。

天光渐渐放亮了，清晨的雾霭慢慢退去，我能看见火车站广场旁边的田野了。一些高高的我叫不上名字来的树木密密麻麻地生长在田野里，偶尔还有鸟儿飞过来。路灯照耀下的那条马路可以看得更远了，马路尽头的楼宇建筑也隐约可见。只是候车大厅里，依然是幽暗的。

"老表，你莫不是在等人么？"他忽然又想起一些话题来了，"你是在等你的儿子回来，对不对？"他看老头儿仍然不回答他，继续说下去："你儿子是参军复员了么，还是回乡探亲啊？""◎＃￥￥%……"老头儿回了他一句。"这么说你是等你儿子回家了？"他说。"×※……%￥。"老头儿似乎又否定了他。"那么，你坐在这里究竟有什么事情呢？"他很迷惑的样子。"◎＃%￥………！"老头儿说。那人用手捋着自己蓬乱的头发，似乎很焦虑的样子，摇摇头，又在原地转了一圈。卖刀的人在那边说："你不要问了，你肯定不会问出什么来的。"那人看着卖刀的人，说：

"你怎么知道？我一定要问个明白才行；大清早没生意做，跟人搭话也不理，好郁闷的。"他似乎不问出东西来就不肯罢休了。"嗨呀老兄，做你的生意去吧，何必在他身上浪费时间呢？"卖刀的人手里端起一个茶壶，对着嘴子饮了起来。"你晓得什么？我若不弄清楚结果，这几天都不会安生的，我会老想这个问题。"他重新戴上头盔，走出候车大厅。此刻，外面天已经全亮了，太阳将要出来，闷热的感觉开始从地面上升腾。

"他要真问出什么来，可也算有本事了。"卖刀的人对我说。"怎么？"我问他。"我在这里待了这么长时间，都没问出什么东西来。"他摇摇头，叹了一口气，也很无可奈何的样子。"这两个老人不是才来乘车的么？"我问他。他摇着头，说："一年多了，每天天不亮两人准时就来。坐那里，什么也不说，撵也撵不走。谁知道他们在等什么？"他端着茶壶，斜躺在自己的躺椅里面，哼哼地唱了起来。"你能听懂刚才老头儿说什么吗？"我问他。他却懒得理我了。

我走出候车厅，来到广场上，决定搭车到城里去。刚才那个揽生意的人又从我身后绕了过来。我也没问他的价钱，就上了他的车。"我晓得你为什么刚才不乘我的车了。"他说。他把车开得很慢。"为什么？"我问他。"你是很小心的人，害怕天黑不安全；我敢说你是第一次来梅州。"我并没有回答他，而是看街道两边的风景。清晨的街道上，很少有车辆，门面房都一律关着门。

　　"你说那两个老家伙怎么回事?"他拧着脖子问我。"我怎么知道?"我说。"我看肯定有古怪。"他说。我不想说话,只是看街景。"你说呢?"他问我。我只是"嗯"了一声。我看了一会儿无人的街景,问他:"他说的话你能听懂吗?"他笑了,说:"那还不简单,他说的是闽南话;这里的人基本都听得懂。你过不过江?"我说:"随便吧。"他说:"你若是过江的话,还得加收一块钱的过桥费;不过就不收了。"我说:"那就过吧。"摩托车很快开过了梅江,他很长时间没说话。在街道上七拐八拐,他说:"我看他俩未必不是鬼呢,天一亮就不见了,你说呢?"我懒得理他。等我下了车,付了他车钱,他又说:"今天很古怪,生意少得出奇,说不定是这两个福建鬼闹的,我得回家烧香拜菩萨去。你也小心点啊,出门在外,撞鬼可不是好事。"他诡秘地看了我一眼,很快消失了。

> 黑夜与蚊虫联步徐来,
>
> 越此短墙之角,
>
> 狂呼在我清白之耳后,
>
> 如荒野狂风怒号:
>
> 战栗了无数游牧。
>
> ——李金发《弃妇》

在梅松路上找了一家很便宜的旅馆。洗了一个冷水澡，躺在床上睡去。空调的噪音很大，但没有影响我的睡眠。做了一个奇怪的梦，梦里有一个姑娘对我唱山歌；那歌词的大体意思还记得。山歌唱的是一种植物，有七片尖尖的叶子，年轻的男女正好在下面幽会；假使不小心被人看见，就假装是正在采这植物的花。我垂头丧气地醒了过来，只得再去冲一次冷水澡——我竟然梦遗了。洗完澡，身体很长时间不干，湿腻腻的，不舒服，不由得咒骂这南方的鬼天气。坐在靠窗的椅子上，空调嗡嗡响，似乎不怎么制冷了，脸上不知道是在冒汗还是残留着没擦干净的洗澡水。我就这样呆坐着，胡思乱想。我把梦遗的原因归结到长途奔波的疲劳上去，而不与那个唱山歌的梦有关。这个问题想明白之后，就不再走神了。已经是中午，该吃午饭了。我还是准备弄些方便面吃。

"您要出去吗?"一个女人的声音。我回头去看，是老板娘，正向我微笑。我对她的微笑不反感。她穿着一身白色的短裙套装，正拿着一只圆珠笔在柜台后面站着。那个柜台很小，就和楼梯紧靠着。柜台距离外面的人行道也只有两步的距离，很狭小的空间。柜台上有一个计算器、一本收据单、一个黑皮本的房间安排表以及一部公用电话。她放下圆珠笔，从柜台后面走出来，蹲下身子去拉正趴在地上玩积木的孩子。那个孩子正在楼梯间兼柜台接待室的狭小空地上打滚，嘴里呜哩哇啦地喊着。他挡住了我向外走的路。她拉起调皮的孩子，略带歉意地笑笑。我想作为回报，夸夸这个孩子。忽然发现孩子的一个眼皮肿得很高，而眼皮底下几乎看不到小眼睛了，于是打趣他："嘿，小调皮鬼，眼睛怎么弄的，是不是被小蜜蜂蜇了？"小孩子没有听懂我说什么，只是瞪着那只正常的眼睛看我，没有什么表情。女人对孩子说："快向叔叔问好。"孩子没有吭声。我于是走出去。

　　来到街上，先辨别一下方位。抬头看看太阳，白乎乎的一摊正挂在天上。买了几包方便面便回来了。正准备上楼，又碰见白衣服的老板娘。她说："您就吃方便面吗？""没办法，吃不惯这里的食物。"我苦笑着说。她说："如果可以的话，请你等一等，我给你弄点吃的。"我说："怎么好意思，算了吧。"她说："没关系的，我会做一些北方的食物，你可以尝尝。"我有些不相信，她接着说："我外婆是北方人，见她做过的。"我"哦"了一声，说："谢谢你，那我就不客气了。"

　　她搬了一张竹躺椅放在人行道的林荫下面，说："你先坐一坐吧，马上就会好。"

　　正午的街道人流很多，各种车辆拥挤在马路上。两边的街道也很老旧了，都是灰突突的色彩。想来在我睡觉的时候下过一场不小的雨，人行道和马路上还有污水流淌，马路两旁不知是些什么树，长得很高大，被上午的雨水打断了不少枝叶。马路两边堆满了杂乱的树枝，被车辆碾压着，行人挤踩着。这种树上还结满了果实，也没人采摘，丢在地上的，不计其数，在暑气的蒸烤下发出热烘烘的甜酸气。整条街道都是这样的气味。我以为这就是荔枝，南方人吃厌了的东西，丢弃在大街上腐烂也没人觉得可惜。我不确定我的猜测，但也没有向什么人求证。我想我关心的并不是这个，即使整个南方都发出腐烂的甜酸或者腥臭的气息，又与我何干呢？

老板娘的蜂窝煤炉子摆在人行道上，高大树木的旁边，上面煮着一口铁锅。铁锅里浸泡着满满一锅鸡蛋，铁锅上面有袅袅的蒸汽上升。老板娘的饭桌也摆在人行道的树荫下，现在桌子上是空的，谁知道过一会儿，她会端出什么样的北方食物呢？我这样想着，暗地里笑了起来。我斜躺在竹椅上，虽然暑气蒸得人厉害，但有些微风，使人感觉不到闷热。我半闭着眼睛，眼睫毛遮挡着太阳的强光，又昏昏欲睡了。但愿不要再梦到唱山歌的女人。

桌子上摆满了食物。有几样还依稀有北方菜的样子。我以为她会和我一块吃饭，没想到她已经吃过了。我只好一个人在梅松路的人行道上吃我的午饭。她给路边上煮鸡蛋的炉子换了一块煤球之后，坐在我刚才坐过的竹椅上了。

"还对您的口味么？"她问我，眼里有着期待的神气。我说："很好。"她听到我的肯定后，开始谈她对北方人口味的一些印象。我心不在焉地听着，有时补充一下，有时就走神了。我没有注意到她已经停止说话，只是笑眯眯地看着我。说实在的，我偷偷观察了她几次，认为她长得还不赖，首先身材很高，足有一米六五以上的样子，不像许多南方女人那么瘦小；脸盘也不错，尤其迷人的是眼睛，最朴素的一句形容是：眼睛会说话。我对她的脸很有记忆，好像在哪里见过；或者和哪个明星的脸有点相似。这时，旁边的音像店里忽然响起了李玲玉的歌声。哈，南方的城市真是奇怪，这个时候，还有人记得李玲玉。

"梅州很陈旧啊。"我说。

"这里老城区了，江南的新区就不一样。"她说，"你不是从江南过来么？"

"那边比这边干净些，不过地方太小。"

"广州怎么样？"

"广州不好，听不懂他们说什么。好像到了国外。"

"客家话好懂么？"

"还行吧，我还能对付对付。"我说，"只要你不要说太快。"

"还是广州好。"她努力讲普通话。

"广州人太多了，看见人多我就心慌，烦躁。"我说，"还是梅州好，人也不多，车也不多，街道也不用太宽，空气也好一些，在这里居住应该不错的。"

"小地方待太久也会闷的。"

"有没有什么好玩的地方？"我装作好奇的样子。

"梅州哪里有好玩的地方啊。"她摇摇头。

"听说人境庐和千佛塔不错。"

"不好玩，一点都不好玩。真的。"她想了想，说，"与其去那里，还不如到侨新路上看看，或者到梅江边走走。"

忽然又下起雨来了。她急忙起身收拾桌子。我想给她帮帮忙，却不知道该做什么，只好上楼去。从临街的窗口往下看，她正撑着一把小花伞，拿着一块雨披，去遮盖路边上煮着鸡蛋的煤球炉。我躺在床上，继续睡觉。

下午四点多，我起床之后，决定出去转转。晚上七点多的时候，我回来了。

推了一下门，竟然自动开了。我记得我是锁了门出去的。我没有再往屋里走，而是下楼去找老板娘，问问她怎么回事。柜台后面只有那个孩子在搭也的积木。我问他妈妈去哪里了，他只是面无表情看着我，却不回答我的问题。我在旅馆门口站了一会儿，走了一会儿神，回楼上去了。门依然虚掩着，我轻轻推开门，沿着墙走进去，屋里并没有人。我看了一下行李，也没有少什么东西。我坐在椅子上，扫视整个室内，想发现一些异常。忽然，卫生间里传出拖鞋走动的声音。我猛地跳起来，以最快的速度冲进卫生间……

"你怎么会在我房间里？"我问她。她很羞愧地低着头，说："本来，我是来整理房间的，……我以为你不会这么早回来。"老板娘的眼睛向门后扫去，那里果然多出来一个吸尘器。这分明是个谎言，我想，但我不想戳穿；她已经很窘迫了。我让她带上门出去，自己坐在那里一动不动，——一定是哪里有些不对了。

我吃过她供应的晚饭，又出去了，很晚才回来。她还在柜台后面，什么也没有干，只是呆坐着，看见我回来，就走出柜台，将旅馆的大门上了锁。我听见她跟着我上楼来，我正要开门的时候，她追上我，低声问："要不要我给你找个本地妹子来？"我没有理她，猛地将门摔死。

夜里又开始下雨了，和在广州时一样大的雨夜。只是这里的窗帘太轻了，玻璃窗也关得不严实，轻微一点风进来，窗帘就飘起来。我半夜里睡不着觉，索性将所有的窗子打开，大雨立刻噼里啪啦地打进来，窗扇因为没有被固定而摇晃着，几块玻璃掉到马路上；窗帘全部被打湿，在风里甩得啪啪响；大雨甚至扫射到我的床上去。我捂着自己的胸膛，撤退到卫生间的门口。这个时候有人敲门。

第二天的中午，我出去吃过午饭回来，半躺在她树荫下的竹椅上。有一个时刻，我真想就在这里躺上一辈子。她的生意也不怎么好，似乎就只有我一个客人似的。她在旅馆大门里面和孩子玩着，弄得孩子又笑又叫，她似乎也高兴起来。

"看来我的北方菜做得真不怎么样？"她掐着腰，站在我旁边，不好意思地笑着说。"没有。"我说，"我只是不想麻烦你了。"我发现她今天穿了一条紫色的连衣长裙；鞋子也不是昨天的踢踏板，而是高跟的凉鞋；她把头发松散下来，一直披到肩膀上。她站在竹椅旁边，一动不动，也忘记了说话似的。"昨天，"她扑哧笑得低下头，良久才说，"真不好意思。"我说："没什么的。"她说："我的意思是说你不要介意。"我看着她，说："真的没什么。"她于是长呼一口气，掐着腰的手也松弛下来，说："好啦，你不生气就好。"

今天天气还好，有南风，不闷热。她也搬了一张塑料椅子和我并排坐一起，翘起一条腿，搭在另一条腿上，并且摆了摆裙子的下摆。她靠在椅背上。左手拿一个木梳，开始梳头，将长长的头发挽来挽去。

"昨天下午你去哪里玩了？"她问我。

"照你说的，去侨新路和江边走了走。"我说。

"还好吗？"她问我。

"江边也就算了，江水都是黄的，两边的堤岸都光秃秃；江水发出的臭气实在难闻，我还以为梅州污染不算严重的呢。"我摇着头说，"不过，侨新路真不错，那些老建筑真好。"

"那是很久的老房子了，跑南洋的客家人赚足了钱，都要在那里修座好宅院，传给子孙。"她说。

"解放前梅州的客家人在南洋做生意都是顶厉害的，还有很多人将生意做到了非洲。"我说。

"这谁都知道啊。"她说。

"你们梅州以前有个叫李金发的人，你知道么？"我问她。

"听名字好像很有钱的人。"她说。

"他家的生意很早就做到非洲去了，当时他父亲将他带到非洲看管生意，谁想他竟对做生意没有兴趣。后来去德国学雕塑，不料却做了个诗人，写没人能看懂的诗；他还娶过一个德国女人做妻子，还在伊朗做过中国的外交官；后来去了美国，经营农场，赔了本，不久就死了。"我说。

"看来这个人唯独不会做生意啊。"她梳着头，有点心不在焉。

日光在树叶间闪烁。对面有个做铝合金生意的店面，主人正开动机器切割铝合金材料。他身后的孩子抓起一根刚切割下来的材料，当作金箍棒挥舞着。我眯缝着眼睛，倍感慵懒的惬意，不经意想起来什么似的，问道："你听说过七叶草么？"她停下梳头，认真地想了想，摇摇头。"李金发在他的一篇文章里谈到过七叶草，是一种很神奇的草，梅州的特产，你难道没有听说过么？"我问她。她还是摇头。

"我在侨新路上走的时候，有意在每个院落门前逗留一会儿，希望能看到他们院子里种的花。"我说。她说："他们家风很严，一般不会随意敞开大门的。"我说："是啊，所有的大门都紧紧地关闭着，只看见几个挎菜篮子的妇女从小门里出出进进。"她说："那是用人吧。"

我说："李金发的文章中谈到，梅州人家都种有这种七叶草，奉为神明，小心侍养。"她问我："你找到了吗？"我说："我侥幸走进一个院子，那家的族徽上就有七叶草的形状。"你怎么知道那就是七叶草呢？"她问我。"我想不会错的，总共七片叶子，普通的植物怎么可能用在族徽上呢？"我肯定地说。她点点头。我继续说："事情很巧，一个小男孩正在露台上踢足球，结果足球滚落到街上来了。等他出来捡皮球的时候，那足球正在我手中。我还给他足球，并且夸了他家露台上的花；小男孩便让我进去赏花了。"她摇着头不肯相信："谁会在露台上踢足球呢？就算是真的，侨新街上的客家人怎么会随意让陌生人进宅门呢？"我没有辩解她的疑问，而是一路讲下去："他们家的花圃很大，我装作行家的样子逐个品评，我发现了那种有七片叶子的植物，但我不敢肯定那就是。我问小男孩那是什么花，小男孩说，不过是一株杂草而已，看都没看就拔掉了。"她说："那肯定不是了。""我也这样想，于是悻悻地出来，甚至忘记了跟那孩子告别；但出来之后又后悔，我怎么没想到将那棵草捡回来呢？"我说。她笑了："一棵杂草，你捡回来有什么用？"我摇摇头说："不一定，也许那就是呢；毕竟，现在许多人已经不认识这种草了。"

"你说这种草神奇，究竟神奇在哪里呢？"

"它能使人起死回生。"我说，"你难道没有听说过一个传说么？古时候梅州曾发生过一场瘟疫，许多人死去，梅江两岸到处都是无处掩埋的尸骨。正当人们绝望的时候，梅江岸边突然生长出一种神奇的绿草，只有七个叶片，枝干粗壮，叶脉肥厚。有人采回家煮水喝，瘟病一下子就好了。由于这种植物生长得蹊跷，以前从未见过，人们都认为是菩萨保佑，降神草而救众生。"

我这样说完之后，她一下子从椅子上跳了起来，哈哈笑着跑回旅店里面去，十二分的不相信："果真有这样的传说，我怎么会不知道呢？"我想了想自己刚才说话时的正经语气，也被自己逗笑了。我不明白自己怎会讲出这样的故事。

她将瞌睡的孩子抱在怀里，从旅店里走出来，重新坐在那把椅子上，哼着儿歌哄孩子入睡了。她的歌声还很好听。我忽然问她："你唱的是什么词？"她便将那歌词念了出来："茶树叶子尖棱棱，茶树头下好谈情。遇到路边有人过，两人假作拈茶仁。"这歌词大意好像在哪里见过，我皱着眉头，问她："茶树有几片叶子？"

> 如残叶溅
> 血在我们
> 　　脚上，
>
> 生命便是
> 死神唇边
> 　的笑。
> ——李金发《有感》

梅州就那么大的地方，走着完全不费什么力气。

特意又从侨新路上走，绿树掩映间，那些二十世纪二三十年代筑好的宅院，错落有致，古朴拙重。我确实不知道，那紧闭的宅门里面，究竟藏着怎样的秘密；而只能望着印在门楣上的族徽和宅门上"耕读传家，诗书继世"之类的字句出神。穿过几条小巷，到了江边。沿着江边路，一直走到东山大桥。在大桥上往左边看去，灰蒙蒙的落日将灰蒙蒙的梅江染成砖红色，而江北的千佛塔还遥不可及。我知道下了东山大桥，沿着彬芳大道就能直接走到火车站了。一个脚踏三轮车默默跟了我很久。

"你是不是希望我能搭你的车？"我停下来问他。

"那你搭不搭？"他很惊诧的样子，反过来问我。

"不搭。"我说。

"你这是去火车站么？"他问我。

"不是。"我说。

"那你去哪里？"他问。

"你管不着。"我说。

"我技术好，坐我的车会很舒服。"他说。

"你已经跟了我很长时间，别以为我不知道。"我说，"从我一上东山大桥你就在跟踪我。"

"不是不是，"他急忙否认，"我一路上一直没生意。"

"那么，你为什么不主动招呼我呢？"我问他。

他没有回答，却说："你不是本地人吧。"

我从人力车道上走开，跳到人行道上去，尽量避开他。人行道是光滑的地砖铺成的，走在上面滑溜溜的，对年纪大的人来说是个麻烦，但对年轻人来讲，正是溜冰的好地方。有一些孩子正在暮色的清凉中穿着溜冰鞋互相追逐。狭窄的人行道上挤满行人，还必须躲避孩子们的冲击。各种门面房都在夜色中放出五颜六色的光彩，流行歌曲飘满街道，喝啤酒的男人们已经在露天里围坐好，打麻将的女人和喝啤酒的男人们一样兴奋。我希望我能像个本地人一样消失在人群中。

走过一段热闹的街区之后，街道又变得冷清下来，只有路灯的昏黄光芒和棕榈树的影子。三三两两的行人走得悄无声息。我希望路灯照不到我，我希望地上根本没有我的影子。

"你是北方人吧。"那小子依然不紧不慢地蹬着他的三轮车，幽灵一样出现在我身边。

"你很有耐心啊。"我说。

"嘿嘿，反正晚上也没什么生意。"他说。我跳过一丛剑兰，继续走我的路。"其实我也是——"他打了一个很响的嗝，说，"——我也是北方人。"

"你哪里人？"我问。

"安徽人。"他说。

"我靠，安徽人也敢称自己是北方人？"我扑哧笑了，不禁想起火车上的那个湖北人。

"那你呢?"他问我。

"我内蒙古的。"我说。

"怪不得呢。"他说。

"怪不得什么?"我问。

"早听说蒙古人都人高马大的,今天一见还真是。"他说。

"我是汉人。"我说。

"反正差不多少。"他说。

"看在都是北方人的分上,"他说,"你就搭我的车吧,爱给多少给多少。"

"我可不能占你的便宜,"我说,"再说了,你也算不上什么北方人。"

他不说话了,慢慢蹬着自己的车子。

"你应该到火车站云拉客人。"我说。

"你如果去火车站,我捎你过去。"他说。

"算了,我不去火车站。"我说。正好是丽都路路口,我往右拐到丽都路上去。这是一条荒凉的路。

"能问你个问题吗?"他将车停在路口中央,提高嗓门问正向着黑暗走远的我。

"问吧。"我说,没有停下脚步。

"这么远的路,你为什么不肯搭车?"他喊着。但我已经走远了。

我从梅园新村走小路绕回彬芳大道，前面就是火车站了。我再也没有碰上那个家伙。

时间还早。我在候车大厅的二楼逡巡了一会儿，看了看火车时刻表，想找个地方休息一下。候车室的座位上坐满了人。我在大厅的夹角发现一个小酒吧，就钻了进去，里面可以喝酒并免费看影碟。

很小的地方，只有三五张小桌。客人也很少，确切地说，就我一个客人。影碟的内容也很陈旧了，二十年前我好像看过。二十年前的武侠片，现在来看真是拙劣，但当时真看得着迷啊。我回忆起二十年前看这部片子的情景。我和几个别的孩子跑到镇上去看录像，当时的录像刚刚兴起，虽然和电影比起来有很多不足，比如屏幕太小，而且不能反正面都能看，但观看的人还是比演电影的时候多。一个小小的电视机被人里里外外围个密不透风，以至于外面的人根本连电视机在哪里都看不见，但还是愿意挤在那里，听声音也好啊；即使连声音都听不到也不要紧，重要的是来"看"过了。

眼前正放着的影碟已经失去了二十年前的华丽和激情。为了保住武林中的盟主地位，男主角宁愿放纵自己的妻子去爱仇人，最终的结局当然是和仇人同归于尽。那两个男人的名字我忘记了，但还记得男主角的妻子叫蓝小蝶。对，刚才我一进酒吧的时候，正是因为听见电视里传出男人柔情呼唤"小蝶"的声音，我才记起所有这些。

我喝完一瓶青岛啤酒，又要了两听罐装的继续喝。酒吧里并非只我一个人。在被高高放置的电视机的下面，有一男一女正抱成一团，咻咻笑着。我看出他们并不是等车的旅客，女孩更像是这里的服务员，而那男的，和我年纪相仿，大概也是本地人。我的酒又很快喝完了，叫服务员再添酒。叫了几声，没有人应。那男孩膝盖上坐着的女孩喊了起来："阿娟哪，客人要酒了。"但阿娟不知去了哪里，也没有人回一声。女孩挣脱了男人的怀抱，去给我拿酒。男人抬头看电视的瞬间，向我这边看了一眼。

"阿雄。"我朝他喊了一声。等他回头看我的时候，我手里的水果刀正好扎进他的左胸。

看了一下表，火车已经进站了。我提起行李走进检票区，顺着人流从过街天桥往站台上走。许多人匆匆忙忙，拉着重重的行李，不断地碰到别人的身体或者脚跟。大家互相埋怨着，推扯着，离站台越来越近了。

我捏着我的票，在队伍里等待着上车。

轮到我了，我给列车员出示我的票，抬腿上车去。

不知怎么回事儿，我突然感到腰里生出一道凉意，同时身后响起人们的惊呼声。我回头往站台上看。一个老人手里捏着一把匕首，正对我笑着。他好像在反复念叨着什么："×※……%

#◎。"胳膊里挎着包袱的老太太颤巍巍地跑过来，拉扯着老人的胳膊，向对面的铁路路基上跳过去。

"他刚才说什么？"我问列车员。

我的手在散发着凉意的腰部抚摸着。手立刻湿了。

列车已经开动。我把自己关进厕所，打开行李包。

七叶草，我把七叶草放在了哪里？

大桥下面

冷空气一来，天气就特别好。

她说应该去华山看看，但不知道该怎么乘车。他也不知道。

他们打算先步行到二环路再说。他们经常在二环路上看见华山。它像一个标准的圆锥体，一个颠倒的陀螺，或者一个大一点的盆景，摆在二环路的北头。

他们从小区一直步行到二环路，找到附近的一个站牌，但是那里没有直达华山的汽车。只有一趟89路，通向大桥镇，中间要跨过黄河大桥。他们还没去过那里。他说不如去看黄河吧。她同意了。

等了好久，89路迟迟不来。她开始后悔穿那双单薄的运动鞋出来，鞋底太薄，脚有些冷了。她看了看表，已经11：00。即使走到，也已经是中午。"不如回家算了。"她说。

"也好。"他无所谓，这么冷的天，就应该待在家里睡觉。其实，他并不愿出来，只是阳光太好了，不出来走走实在可惜。不过这都无所谓，回去就回去。在某些事情上，他还是愿意顺着她。

转身要走的时候，39路来了。

"那我们上车吧。"她又改变了主意。

汽车一直往北走。在车上，他们又看见华山。尽管隔着一些建筑，却好像距离很近，仿佛只要一搭手，就能摸到它。

"我想去华山。"

"我们现在去黄河大桥。"

"我们可以在这里下车。"

"我们不知道怎么走。"

"我们可以问路。"

"改天再问吧。"

"我记得有一趟车是到华山的。"

"改天先弄清是哪趟车。"

"我记得乘坐过那趟车。"

"黄河就快到了。"

"我实在想不起来是哪趟车了。"

"不要紧，我们以后慢慢想。"

"我的记性很坏，最近一直失眠。"

"还记得今天礼拜几吗？"

"今天礼拜天。"

"你的记性不坏。"

"爸爸妈妈是上个礼拜走的吧？"

"是啊，上个礼拜天，我送他们到车站。"

"那天我心情很坏。"

"他们没有怪你。"

"事后我连个电话都没打。"

"你是他们的女儿。"

"我是个坏人。"

"坏人从不这么说。"

"可我就是。"

"那好吧。"

"我把照片全撕了，还剪坏了几件衣服。"

"他们上车之后，让我给你打个电话，可你没有接。"

"我去了趟裁缝店，后来又去买胶水了。"

"他们以为你还躲在洗手间里呢。"

"这就是黄河大桥吗？"

"应该是。"

"它可真高。"

"是啊，总有人愿意从这里跳下去。"

"我真傻，为什么要那样呢？"她擦掉车窗上凝结的水汽，看着窗外的黄河，"如果晚上不做梦，不失眠，就不会发生那件事了。"

89 路开过黄河大桥，他们下车的地方正好是北岸的大堤。暂时还看不到黄河，一望无际的平原上，正蒸腾起一片雾气，只能看到近处的一些村落。阳光下的田野，除了一畦畦的小麦，泛着冬眠的浓绿，剩下的便被荒草的褐色覆盖了。

"这地方多像我的家乡啊。你看这村庄，这麦田。"

"北方的田野都是一个样。"

"不，我好像买过这里。"

"是吗？"

"常常是这样，梦到某个村子，但却跟它没有任何关系。"

"真不知道你在说什么。"

"这么开阔的地方，应该怎么走呢？"

"往南，去看黄河。"

"我想往北走走。"

"黄河在南面。"

"这儿太像我的老家了。你看，竟然有这么巧的事情。"

"北方的村子都是一个样。"

她从大堤上，顺着斜坡，往北跑下去，穿过速生杨树林，一直跑到麦田里。他在后面跟着。

"真舒服，好像松绑了似的。"她说。

"我累了。"

"我们再跑上去。"

"我得喘喘气儿。"

"瞧你的脸，你太虚弱了。"

"我只是需要歇一会儿。"

"我们还是跑上去吧。"

他们跑上大堤，又顺着南坡跑下去。

"我想在这里跑步，锻炼身体。"她说。

"这已经不是问题。"

"我想在这里居住。我想天天在这里跑步。"

她又沿着斜坡重新跑上大堤。她在大堤上大声喊起来："我想在这里生活。"

然后她跑下来。她穿着灰色的羽绒服，脖子上缠着桃红色的丝巾。

"在这里租房子得花多少钱？"

"我们进去打听打听。"他说。

大堤的南面，是黄河的滩区。那里有一个村子。

"我想在这里买一座宅院。"

"把整个村子买下来都没问题。"

他们沿着一条石子路走向村里。路上没有别的人。

她离开石子路，跑到田垄里去。

"那里有棵树很漂亮。"

那里有很多树，那些树都很漂亮。那是一个小树林，在村庄的后面。落叶铺满林中空地。她靠着一棵树坐下来，坐在一堆落叶上。

阳光无遮拦地照着她。

"你看这里有多美。天天这样就好了。"

"地面是湿的。"他提醒她，她却并不在意，反而躺在落叶丛中。

"我已经决定了，在这里住下，天天跑步，锻炼身体，养好我的病，再也不和你吵架了。"

"不吵怎么行？"他提起嘴角笑了笑，好像很难过。

"你是不会生气的，可我常常会生一肚子气。白天吵不完，晚上还得到梦里吵。有一次，我又梦到租赁房子的事情。我们找不到落脚的地方，提着沉重的行李，行走在碧绿的玉米地里。蝴蝶在头上飞舞，我们吵个不停。"

"我们早就不用租房子了。"

"可我忘不了那次，我们在大街上——"

"我们现在不是很好吗？"

"昨天我们为什么来着？"

"不记得了。"

"咱们以后真的不吵了，好吗？"

树林里只有他们两个人。树林仿佛就是整个世界。他们不吵架，整个世界都是安静的。

他找了一棵被锯过的树桩，吹了吹上面的尘土，坐在上面。

点着一支烟，烟气在干净透明的虚空中缓缓上升，像一群群舒卷衣袖的小仙女。

"给我一支。"

"你的肺不好。"

"这里空气好。"她从他手中抢过香烟，小仙女开始在她嘴边舞蹈。

"这是些什么树？"她问他。

"柳树。"

"和城里的柳树不一样。"

"这不是杨柳，只是一般的柳树。你看它的柳枝并不长，也不下垂，而是又粗又短地伸向天空。这是一种粗笨的柳树。黄河岸边到处是这样的柳树。"

"我很喜欢这柳树，你看它有多高。你见过城里有这么高的柳树吗？"

"城里的树都不高。"

"我喜欢这柳树林。"

"不过这可能是一块坟地。你看那边有几座新坟，没烧干净的花圈还插在那里。

"树林总免不了用来埋人。

"我们还是离开这里吧。"

"那上面还有鸟窝。"她仰着头，出神地看着树顶。

"那是乌鸦的老巢。"

"我不喜欢乌鸦。我喜欢麻雀。你看那边就有麻雀，怎么会有这么多的麻雀聚集在一起？几天前在公园里也见到不少麻雀。那些麻雀分成两拨，同时从高处向对方俯冲，在最低点碰撞到一起，偶尔会有一些麻雀撞落到地上，空中落满了细碎的羽毛。而抬着脑袋围观的人只等到麻雀散开之后，才各自离去，尚未发觉自己肩膀和头顶上落满的羽毛和鸟粪。"

"人们以为那是鸟儿在打架，所以好奇。其实麻雀是在嬉戏，是在运动中取暖。"

"我喜欢成群的麻雀。"

"在冬天，落单的麻雀只能被冻死。"

他们放弃人们践踏出来的林中小路，而专门走那积满厚厚落叶的地方。刚下过雨没几天，厚厚的落叶还是潮湿的，踩上去有水分被挤压出来的声音。她叼着那支烟，在前面乱走。他在后面，用两只手的拇指和食指蜷成一个虚拟的取景框，跟踪着她跳跃的身影。

"我是不是很丑？"

"你不丑。"

"你昨天还说我丑。"

"今天你很美。"

"丑就丑，我根本不在乎。"

"你今天真的很美，从来没有这样美。你适合这里的一切，这正午的阳光，这光秃秃的树林，这满地的落叶。这么说吧，如果你不来这里走走，看看，这一切再好，也都白瞎。"

"你用不着这样。"

"我没怎样，我只是在尽力营造一个良好的谈话气氛。"

"你不高兴说，可以不说。"

他们躲过一个隆起的粪垛。

"如果人的生育过程变得和昆虫一样，那该多有趣啊。"

"你说什么？"

"有一次我做了一个梦，发现人类生育最终变得和昆虫类似。人类的母体是一个莲蓬状的子宫，里面结满莲子般排列的卵。受孕时需要将子宫排出体外，接受精虫。莲蓬状子宫有一道类似糖纸的薄膜，用手指弹，被风吹，都有可能弄破，所以人类繁衍后代变得很艰难。母体需要将莲蓬状子宫定期排出体外，供受精卵吸收太阳的光照。有一次，一只受孕的莲蓬被排出体外来晒太阳，不提防被路过的一只蚂蚁伸出一只后腿，蹭破了那道薄膜，生育过程于是遭到毁灭。"

他似乎在想着别的事，完全没听她在说什么。

"你在听我说吗？"她问。

"在听，在听。"他说。

"你真是个无趣的人，无趣又乏味！"她转过身，将快要熄灭的烟头放在嘴角，若有若无地抽了一口，快步走出了柳树林。

他快步跟上她，并肩往村里走去。

在狭窄的巷道内，偶尔有村妇挑着水过去，她的身后，跟着一条小狗。那条狗看见陌生人，夹起尾巴，绕到主人的另一边，溜着墙根跑过去。"你瞧，这里的狗都是怕人的。"他们还见到一两只牛或者毛驴拴在场院上，各自在太阳下，打发着缓慢的光阴。他们边走边观察那些农舍。有些异常破旧，显然已经很久没有人居住。那些石块垒起的呈子，倾斜着，坍塌下去，像轮椅上的瘫痪病人。但是也有一些很好的宅院。高高的门楼，有长长的葡萄藤蔓从墙内探出。一个老人正抱着一个孩子坐在门槛上晒太阳。两只刚满月的小狗在门槛后面，不时地探出脑袋，朝门外张望。院子里，有一只大狗低沉的吼叫声传了出来。

"我去打听一下。"

"你还当真了。"

"我决定了。"

"不会是真的吧？"

她走在前面，没有回头。

"我不相信你真能这么做。"他说。

她走过去和老人攀谈，而他则站在巷道的对面，远远地张望他们。

他在对面站了很久，有些厌烦，便独自拐到另一个巷子里去。巷子口有一个猪圈，当他拐进巷子的时候，看到一头大白猪站在圈里，眯着眼睛，好像睡着了。它站在粪池的边缘，那是个再好不过的地方。粪池里是冰冷的泥水，猪圈里也是一摊烂泥，只有它四只脚站着的那一丁点区域还算干燥，而且太阳正好照在那里。它舒服地享受着正午的温暖，只是地方太过狭窄，就算站着，似乎也很满足。他暗地里嘲笑这头猪，但脸上并没有做出笑的表情，好像那头猪的样子根本就不足以惹他发笑。

她一直没有赶上，他索性到黄河岸边等她。

她朝这边走来，没有一点高兴的样子，反而很懊丧。

"你怎么啦？"

"我不知道。"

"告诉我。"

"别问了！"她烦躁地甩了甩胳膊。

"我要知道。"

"我控制不了自己。"她躲开他的手臂，向水边跑去。

这是枯水季节，河水退掉了，露出宽阔的沙滩。曾经流动的波纹深深地印在沙滩上，像动物的骨骼一般僵硬。她沿着水岸行走，先顺着水流的方向，一直往东；等觉得有些远的时候，便又走回来。无论怎么走，都仅仅是在岸边。

"我喜欢这河岸。"

"你喜欢这里的一切。"

"我要在这里跑步，锻炼身体，养足精神。"

"你说好多次了。"

"我要忘掉噩梦，我要开始新的生活。"

"你真打算好了？"

"我不知道，"她的眼泪忽然夺眶而出，"我要是知道就好了。"

"你不一定非这样不可。"

"我知道，我知道。"她控制不住自己，猛烈的咳嗽似乎要将身体震塌。

"我也不知道该怎么帮助你。"

"别说这个。别说。"

"我很抱歉，我不知道。"他想揽住她的肩膀，却被她推开了。

她朝大桥方向走去。站在大桥下面，大桥更高了。她用手指在沙滩上画那座大桥。她画出桥面，画出桥墩，画出桥上高高的桅杆，画出花纹般的斜拉钢索。

"这桅杆，还有这钢索，多么像一个绞刑架。"

他们都没有什么话可说了。河水缓缓流动，晚上结起来的薄冰，白天开始融化，只有很少的几块浮冰搁浅在岸边。有人将它们拖上岸，却又不知道该拿它们怎么办才好，只好任其自行融化，或者重新丢回水里，慢慢漂走。

从这里往对岸看云，最显眼的还是那座华山，但它已经不再是标准的圆锥，也不再是陀螺或者大一点的盆景。在它的左面，生出一个小小的尖，像受潮的木头起了一个疱疹。

列御寇

"夫列子御风而行，泠然善也，旬有五日而后反。"

——《庄子·逍遥游》

一

我很穷，衣服穿得破不说，脸上还常带着吃不饱的颜色。但我的妻子却没有什么怨言。她是一个很有眼光的女人，虽然不识字，却有自己的判断方式。她觉得我不会总是困顿，迟早有飞黄腾达的一天。她知道我读过一些书，并且屋里很是像样地摆着一些纸笔，便觉得自己有了终生的依靠。

有一次，我在外面和别人喝酒，兴之所至，提笔写了一首诗，没想到竟被好事者传抄。这首诗的传单，有一份到了她的手里。那天，她兴冲冲地从街上跑回来，手里捏着那张传单。她问我，这是不是我写的。我拿过来看了看，便丢在桌子上。她激动地告诉我这首诗受到怎样的褒奖和尊重，已经传到县官那里，说不定县官会随时召见我，给我一个差事做。她从锅里舀了一些没有吃完的面汤，当作糨糊，将那张传单张贴在中堂上。我觉得这很不雅观，要她拿下来，她无论如何也不肯。从此，她主动承担起家里的一切家务，不要我做任何事，只要我安坐在屋子里，写诗。我每写一首，她都会拿出去，请别人誊写传抄；甚至有时她会揣着厚厚一摞诗稿，站在驿道的旁边，看见有车马过来，不管人家乐意不乐意，就投一份上去。这成了她家务之外的主要工作。不但如此，她还随时监督我的写作过程。她装作专心致志在院子里做家务，一会喂喂鸡、一会扫扫院子，而实际上，她的耳朵无时无刻不倾听着屋里的动静。为了敷衍她，我故意发出大声朗诵经书的声音，而实际上却躺在床上，享受着无所事事的时光。有时我实在待得太闷了，想出去走走，都毫不例外地被她堵回去。她总是张开双臂，像围堵一只逃跑的公鸡那样将我撵回屋里，嘴里还不住地说："回去，快回去；去写，快去写！"

我读书写诗已有时日，诗稿传单也似乎遍布天下，却迟迟不见县官来招，这使她失去耐心。有一天，她忽然把家里仅有的一口锅砸了。我问她为什么要这么做，她说她不想跟一个无所事事的穷鬼过一辈子。她这么一说，我反倒轻松起来，因为她总算明白，我并非一个诗人。

自从妻子砸破那口锅之后，我倒重获了人身的自由，不必每天都在屋子里煎熬。太阳出来的时候，我常去屋后的林中散步，和那里的牧羊人交谈。我发觉那些放羊的农人并不个个都是傻子，其中就有许多聪明人，虽然没有读过书，却可以和我辩论一些道理。我由于没有什么事情可干，可以天天思考那些所谓的道理，但到头来还是轻易地被他们驳倒。我很不服气，从树林中出来，坐在院子里冥想。一动不动，一直坐到太阳落山，月上东墙，非要将那个道理想清楚不可。有一次我就这样在庭院里一直坐到太阳重新升起，又径直跑到树林中，继续和牧羊人争辩。那场争论我们差不多持续了半年，从春末争论到秋初。牧羊人的许多母羊在这中间都不知道产下多少头小羊羔。

由于我和牧羊人的辩论引起一些人的注意，我们后来的辩论变得不再顺利。经常会有人在树的背后向我们扔石头和大便，牧羊人的羊也开始丢失。我晚上独自坐在院子里，墙外就时常多一些鬼哭和狼嚎。但是这些却都吓不倒我，倒是牧羊人觉得这样做很不划算，慢慢疏远了我，甚至厌烦并且仇恨起与我一起辩论的日子。我倒无所谓，即使没有牧羊人，我同样可以思考和辩论。每到晚上我总是独自坐在院子里，让妻子端一碗清水摆在面前。墙外的鬼哭狼嚎没有了，反而多了一些女子的笑声。有时会有一个绝色女孩趴在我家低矮的墙头上，向我招手，但我并不理她；有时会有四五个女孩从天而降，每一个都妖冶无比，搔首弄姿，投怀送抱，还向我那盛有清水的碗里吐唾沫，这些伎俩都不能奏效。终于有一天，一个官吏模样的人，带着一车的粮食和布匹来到我家。他一进家门，什么也不说，就叫人将这些东西往我的屋子里搬。但我阻止了他们，将他们全都撵了出去。官吏气吁吁地一走，我的妻子就坐不住了。她拍着自己的胸脯，伤心地掉下眼泪来。她不明白我为什么不肯接受那些粮食和布匹。那正是我们生活所急需的东西。但我没有向她解释，我也解释不清楚。我好不容易找人补好的那口锅，又被她砸出一个窟窿。

日子已然无法再继续了。第二次砸坏的锅，无论如何都不能再补。妻子说，如果我再这样整天"胡思乱想"下去，我们只有分开；除非我"改邪归正"，去学一样能够养家糊口的手艺，"正正经经"过日子。我没有直接答复她，而是将她的话又反复琢磨了一整夜，才决定接受她的条件。我们以三年为期。三年之后，我若还是一事无成，就不再回来了。

次日一早，天还没亮，我就起床准备。由于烧饭的锅被砸出一个窟窿，妻子没有办法给我烧一顿热滚滚的面汤，好让我胃里热乎乎地上路。她只好在头天夜里烧好几个红薯，焐在炉膛的余烬中。我从业已冷却的余烬中扒出那几个红薯。红薯隐隐还有一点热气。我拍了拍红薯上的余灰，来不及揭掉烧焦的红薯皮，就迫不及待地啃了一口。妻子问我要学一门怎样的手艺。我支吾了半天也没说出手艺的名称，只好指天发誓那是一门再好不过的手艺。妻子呆呆地坐了一会儿，突然提醒我说："你倒不如去学射箭。"为什么要学射箭呢？我的妻子向我举了鱼无人的例子。鱼无人远赴深山，拜师学箭，只用三年就学成了。学成之后，又用三年，成为驻守青云关的关尹，在我们这里名声大噪一时。我若也能像鱼无人那样学习射箭，虽不必也做关尹，但养家糊口是不成问题的。

鱼无人是我的朋友。在我为数不多的朋友中，鱼无人最勇猛，也最豪爽。不过他的勇猛和豪爽通常都没什么用处，因为我们并不是好勇斗狠之辈。我们在一起，通常就是饮酒唱诗，胡说八道。他酒量极好，每饮酒，从不推辞，必大醉而归。记得有一次，我托人捎信给家住百里之外的鱼无人，请他来喝酒。没想到他第二天一早就到了。我很高兴，将早就准备好的两坛佳酿抬到院子里，两个人对饮起来。从早晨一直喝到中午，从中午喝到黄昏，又从黄昏喝到半夜。两坛酒早就喝光了，又让妻子出门现赊了一坛酒。喝到半夜的时候，无人突然脸色大变，腹痛不止，在地上翻滚了几下，吐出一口鲜血。我和妻子都吓坏了，以为酒中被人下毒。但若真是下了毒，为什么我没有一点反应呢？正在莫可名状之际，无人又吐出一口鲜血，然后才稍微安定下来，安慰我说没事。原来，他一接到我捎的口信，就不吃不喝，连夜赶来了。疲劳乏累不说，肚中空空，没来得及吃点东西，就与我喝起酒来，以致造成这样的结果。但无人并不因此怪罪我，我们还是像往常一样，有时我去他家，有时他来我家，有时在半路相遇，都要一喝到底。我们常常以为可以一直这样喝到老死，也不会分别。但是有一天，他告诉我，他要出门学乞了，我们便再也没有联系。虽然每年零零碎碎都能听到他的一点消息，但因为各种说不清的原因，我都没有再找他。他现在已经是青云关的关尹。关尹，虽然不是什么大官，但在我们当地，已经是有口皆碑。那些素好闲言碎语的人，在说起鱼无人的时候自然而然地会捎带上我。以前人家如何如何，现在我又如何如何。我虽并不介意这些，但听得多了，多少也有一点不痛快，这也许是长久没再联系鱼无人的原因之一吧。不过现在妻子提到他，倒让我想起以前痛饮的日子。

我听着她说话，边啃着红薯边不住地点头，不知道她要说到什么时候。但她突然不说话了，只是愣愣地坐在那里发呆。又过了一会儿，竟撩起长袖，嘤嘤哭泣起来。这使我感到恐惧，却不知道怎样劝慰她。我拼命嚼着红薯，那红薯瓤子却好像粘住了牙齿，怎么也摆脱不掉。我不知道她什么时候才能停止哭泣，只好耐心等着。大概是起得太早和失眠的缘故吧，我站在那里，竟然打了一个盹。

就是这打盹的一霎，我做了一个梦。梦见自己正踩着一条绸缎似的云路往天上走，突然背后出现一个道人，鹤发童颜，黄袍金冠，御风而行，已在我身后，近在咫尺。黄袍道人手中捏着一只木鸢。木鸢从手中飞出，身形骤然变得巨大，化作一只老鹰。老鹰伸出巨爪，像抓一条小蛇一样将我提起，丢在一个山崖上。而我仿佛也变成一只木鸢，被摔得七零八碎。躺在悬崖上，被山风吹得颠来倒去。道人赶来，将我一通拆卸，腿脚胳膊连着头颅胡乱放作一堆之后，又将它们投到一堆烂泥塘中，瞬间熔化了。过了一会儿，烂泥里隐隐升起阵阵热气，里面有东西在翻滚。那东西破泥而出，竟然是一个女人的身体。女人艰难地爬到岸边，不顾一身污秽，趴在地上放声痛哭。我被这哭声惊醒，猛地睁开眼睛，发现是妻子的哭声闯入我的梦境。

　　我并没有告诉妻子我的真实想法，她若知道准会疯掉。我最想做的，无非冥想而已，就是什么也不干，坐在那里，胡思乱想罢了。有什么手艺能比冥想有趣呢？想来想去，还真想到一个，那就是飞行。我想到了《齐谐》中记载的，"扶摇直上九万里"的大鹏鸟。一个人，坐在庭院之中，神游四野，精骛八极，无非只是灵魂的遨游而已，倘若肉身也能像那只鹏鸟一样，到达灵魂所能至的地方，那将是多么美妙的事情。

　　冥想归冥想，走路归走路。我已经二十五岁了，却还是第一次出远门。一想到前路茫茫，不知所终，心里就很犯忧。晚上住在哪里，白天怎么吃饭，怎样识别人的善恶好坏，遇到豺狼虎豹该怎样脱身，等等，一系列意想不到的问题纷扰而来。一边想着这些，一边磨磨蹭蹭。迷迷糊糊走了多时，发现竟是走在回去的路上，不由得大吃一惊——想不到自己竟然懦弱到如此不堪的地步。

　　太阳已经升得很高了。环顾四野，没有一个行人。我躲到一棵枣树后面，用最难听的词语狠狠骂了自己一通，又从包裹里掏出一块红薯大啃，来不及细嚼，就囫囵吞咽下去，试图将胸膛里泛起的那阵虚弱与忧愁一并吞掉。

吃完一块红薯，心神才稍稍安定，脸上也不再因为羞愧而发烧。只是刚才吃得太急，胃里压了一股气，有点憋闷。于是平躺在草地上，给自己顺气。不一会儿，打出一个响嗝。想起地气潮湿，躺在草里对身体不好，赶快起身。一只手被什么东西硌了一下。拨开草丛一看，竟是一个骷髅。这个骷髅看上去年岁很久远了，有一二百年的样子，已经严重风化，用手掂了掂，轻得像一块朽木。

"骷髅啊骷髅，这世界上恐怕只有你是最无忧愁的了。默默隐藏于乱草丛生之间，就像一个捉迷藏的孩子，有着秘密的欢乐。"我叹了一口气，重新将骷髅安放回原地。

骷髅被我吵醒，打了一个哈欠，很不同意我的说法。它生气地反驳道："怎么，你很羡慕我么？但你并不知道这种滋味。我倒情愿让人们早一点发现我；即使吓他们一跳，也算是我存在的一点意义吧。"

"也难怪，如果一个游戏可以持续一二百年，那个一直没有被找到的孩子自己也会忍不住了。"

"我在这里，苦恼的并非时间。一二百年或许漫长，但对一个骷髅来说，什么也不是。况且，你捉迷藏的比方也不恰当。假如

真有这么一个游戏，那么，真正躲藏起来的并不是我，而是这个
世界。我所苦恼的，是找不到进入世界的道路。"它停顿了，眉宇
间增添一点欣悦的影子，然后继续说道："虽然你言词莽撞，但我
还是要感谢你，是你无意中帮我挪动了一下身体，你不妨看一下
我的背面。"

我将骷髅从原地翻开，那里有一个潮湿的小凹陷。一群密集
的蚂蚁正聚集在那里，进进出出。一个蚂蚁的洞口隐藏在这里。
在骷髅的背面，几只小蚂蚁正在上面来回穿梭。它们正用自己细
小的爪子挖掘着什么。骷髅上已经有了许多蜂窝似的小洞。

"这是我的另一个苦恼。"骷髅长叹一口气，"你看，我并不是
隐藏得最好的人。至少，这些蚂蚁发现了我。如果我有所谓的快
乐，那也比不上它们发现我的快乐。而它们的快乐，对别人来说，
又是秘密的。如今，这个秘密又被你发现了。你说，世界上果真
还有秘密的快乐么？不管你的头脑里装满多少足以让你快乐的理
由，依然不能排斥外在的痛苦。"

我一时无言以对。

"你是叫列御寇吧。"它忽然问我。

"你怎么知道？"我很惊异。

"我知道你很久了。我读过你的诗。"

"这怎么可能。"我装作并不介意的样子。

"你也许不知道，在这条南来北往的通衢大道上，每天都有车

马穿梭。你的诗稿被那些车马传递到远方。我因为一直待在这个路边，所以有机会读到一些被车马遗落在地上的诗稿残卷。"

"原来是这样。"我苦笑着说。

"我读你的诗，自谓已经参透你的心。你沉迷于枯坐冥想，但想来想去，并没有多少东西可以想通，有的甚至完全想不通；但你想不通也还要想，那岂不就是痛苦？可你为什么还要想呢？——庆幸的是，这一点，我倒是想通了——我想，你所迷醉的并非你所冥想的事物，而仅仅是冥想本身。你迷恋的仅仅是你在冥想时那无动于衷的外壳。但若论外壳的纯粹，还有比过一个骷髅的吗？"

我听它说完，又是一愣，一个自欺欺人的伪装竟在一个骷髅面前无所遁形。

我哀伤地说道："我倒是想和你调换一下。我来做一个骷髅，你来做一回我。"

"这并不难办。但结果都还是一样。"骷髅冷笑着说。

"那就试一试吧。"

我躺倒在草丛深处，看着骷髅进入我的身体。它从草丛中一跃而起，顿时高大起来，只见它冷冰冰地乜斜了我一眼，说道："既然你肯代替我在这里忍受蚂蚁的啃啮，那就让我来代替你去忍受世间的瘙痒吧。"它说完便消失在荒草之外了。而我努力将自己向草丛更深处滚了滚，聚抓起一些草叶，将自己掩盖得更加严密。

二

现在，我似乎享受到了真正安全的、不受惊扰的冥想。我迷醉于这冥想的外壳——一个无人知道的骷髅。蚂蚁的骚扰暂时还不能使我感到痛苦，这比起一个妻子的痛哭、牢骚和埋怨，以及生计的艰难，不知道要轻松快活多少倍。

但也许是我将骷髅的生活想象得太完美了，也许是我太轻率地做出这样的决定，我发觉这个通衢大道旁边的草丛并不清净。那些南来北往的车马喧嚣以及漫卷的风尘不必说了，那些无孔不入的拾荒者和乞丐尤其使我难受。那些拾荒者，每人手里拿着一根木棍，在道路两边的草丛中，像蚂蚁一样劳动，聚精会神，生怕漏掉什么值钱的东西。哪怕是一张废纸，一根细针，他们都不放过。他们总是能翻检到他们想要的东西。在这个过程中，我难免就会被他们翻检出来。我诚然不是他们想要的东西，但更不是他们所愿意看见的东西。他们对我的出现，除了表现出惊慌和恐惧，更多的是厌恶和咒骂。他们会一脚将我踢回草丛深处。这样的遭遇，一天不知道要经历几回。还有那些乞丐，他们对我既没有恐慌，也没有咒骂，而是一种嘲弄。它们会将我踢到大道上去，几个人一起将我踢得滴溜溜转；或者，解开裤带，照着我的眼睛和鼻孔撒一泡热尿。我曾亲见过多次女孩们被男人拖进草丛的情景，也亲见过多次奸夫淫妇们的邪恶勾当。我所经历的最恐怖的事情，是一个老人，在一个中午，将他的阴茎插进我的眼眶。我为这样的生活感到绝望，只能祈求那些蚂蚁，再来得更多一些，快快将这具骷髅的外壳咬成一堆粉末。

不知道多少年过去，我常常以为我已经死了，但疼痛总是提醒我还活着。忽然有一天，我又被一个放牛的孩子从草丛中踢了出来。他对我一点也不害怕，反而很好奇。他的嘴对着我眼睛、鼻子，还有嘴巴，使劲往骷髅里吹气，居然吹出了呜呜呜呜的声音，就像吹牛角一般。他将我挂在牛角上，不断地用树枝敲打我，每敲打一下，我都会发出清脆的啪啪声。我不知道这孩子要将我弄到哪里，但只要离开那片草丛，就是我的幸运。我希望孩子最后能把我埋掉。

半路上碰见一个道士模样的老头儿。这老头儿看见孩子的牛头上挂着骷髅，便大声警告孩子不吉利，让孩子赶快扔掉。孩子却不听他的，自顾往前走。这老头儿一直跟随着孩子，他突然请求孩子能否将骷髅送给他。孩子不愿意。老头儿于是从袖子里掏出一锭元宝，意欲买下骷髅。孩子却装作没有看见，一点不为所动。老头儿又从袖子里抽出一条汗巾，在孩子面前招摇一番，将那一锭元宝罩住。老头儿手臂一扬，做一个手势，掀开汗巾，元宝却没了。孩子一下子被这把戏迷住。但老头儿并没停止，又从空无一物的汗巾下面掏出一只斑鸠，递给孩子。孩子伸手去接，老头儿却不给，只拿眼睛瞅着骷髅。最后，这老头儿总算用这只斑鸠将骷髅换到手。

　　老头儿带着骷髅来到河边，用河水清洗掉我满身的污垢。洗干净之后，老头儿又将骷髅托在手中，反复把玩了一会儿，频频点头，说道："骷髅啊骷髅，我看你倒是有些自在优游的气质，身处污垢尘世，却没有被风尘浸染，依然清新脱俗，风神俊朗，实在难得得很，比我那几个徒弟不知要强多少倍。我一定带你到高山云居之处，与我相伴，遨游天外。"

　　原来这个道士想收我做徒弟。我却不知道他是谁，因此很不乐意，想让他知难而退，便说："我要学习射箭之术，你能教吗？"道士笑道："不难，我有百步穿杨之技。"我又说："我要学鲲鹏展翅，御风而行，你会吗？"道士又笑道："也不难，我先让你见识一下什么是御风而行。"话还没有说完，道士已经飞了起来。我依然被他托在手中。我看到我们已经在河水之上，阵阵飞鸟从身边掠过；然后飞鸟不见了，穿过一片云雾，湛蓝的天空近在咫尺，或者说我就在这一片湛蓝之中。我看见下面广袤原野上蒸腾起的雾气，犹如奔跑的野马，在低空里沸沸扬扬，那是由生命的气息所吹动的。我感到身体无比放松，好像摆脱了无形的束缚。这从来不曾感受到的自由使我欲哭无泪。

　　不知道过了多少时间，我们重新回到地面。

　　"这是什么地方？"我问这道士。

　　"青云关。"道士说。

"青云关，倒有我一个故人。"我说。

"这么巧，我的一个徒弟也在此地。我们先去见他，再去寻访你的故人，如何？"

道士用他的汗巾将我包住，藏在宽袖中，径直向关卡走去。

费了许多功夫，才找到他的徒弟。徒弟一见到师父，纳头便拜。师父倒有些不以为然，径直走进屋里。

"你现在也是青云关的关尹了，不必这么客气。"道士说。

"虽然是这样，师父仍然是师父；师徒大义不可废。"徒弟说。

"呸，虚情假意的东西！"道士唾地上一口唾沫。

那徒弟半天没再说话。

"我来找你，有事需要你帮忙。"道士说，"前两年你不是向我推荐你的朋友列御寇去我那里学艺嘛——"道士的话还没说完，徒弟立刻抢过话头说："当年他来投奔我，没有地方可去，我是没有办法才将他交给师父的。不知道他如今学得怎样了，倒是很想念他呢。我们以前常在一起饮酒。"

"呸！"道士又吐地上一口唾沫，"还学得怎样呢！这小子天资倒是不赖，可惜世俗名利之心太重。射箭还没学成，又要学飞行。我罚他到万丈悬崖上去看鸟儿们打架，三年之内不准下来。他倒好，趁我出去跟人下棋，竟然偷走我的藏书，逃跑了。"

"竟然有这样的事！"徒弟很震惊，随后又小声嘀咕了一句，"据我所知，他不是这样的人啊。"

"你还说呢！说他如何谦恭，如何内敛，如何懂得无为之学，比你不知道要强多少倍！现在看来，他确实比你强，竟连师父的书都敢偷。难道还不比你强吗？"

"不知道师父丢了什么书？"

"哼哼，也不是什么了不起的书，不过是本闲书而已。"

"师父若不肯说出书名，徒弟如何帮你查找呢？"徒弟似乎不信师父的话，以为师父故意向他隐瞒书名。

"好徒弟啊，真是好徒弟。你也会算计师父了！告诉你，那不过是一本《齐谐》而已，你也看过，里面记述的无非是些稀奇古怪的东西。你那好朋友竟以为是什么秘籍呢。"

"也许他只是一时顽皮，偷偷拿去看看，说不定什么时候又还你了。我是了解他的。他素来喜好这些稀奇古怪的东西。"

"果真那样倒好了，可他已经不知道跑哪里去了。也许像你一样也做官了吧，"道士顿了顿，叹了一口气，又笑着说，"嗯，他要做官，一定会做得比你还大。你不过是太豪爽侠义罢了，官禄之运恐怕也就到此为止了。"

那徒弟听了这话，忽然想起来什么似的，兴奋地说道："说到我的官运，此地的一个巫师也曾给我算过。他一开始说的也和师父差不多，但是，他却想办法给我破解了。起先我总以为师父的道行是最深的，没想到如今又有更加高深的巫术了。"徒弟的言辞中多了些得意扬扬的意味。

道士听了这话，并不生气，只问这个人是谁。那徒弟竟以无比崇拜的语气详细介绍了这个巫师的情况。说这个巫师如何神通广大，如何能知道人的生死存亡、祸福寿夭，所预卜的时间又如何能准确应验。以至于人们都害怕看见他，都担心被他预见到什么而急忙跑开。而有钱的人，希望得到荣华富贵的人，则都抢着请他算命。

道士听完徒弟的介绍，笑道："我所教你的都还是一些皮毛，而你又不能领会我所传授东西的奥妙，所以难免受人迷惑。像你这样鲁莽直率的人，被人洞察出底细是很轻易的事情。明天你叫他来吧，让他给我也看看相。"道士似乎已经将我遗忘，忘掉了我也要寻找故人鱼无人的事情。可是通过他们之间的谈话，我已经确凿地知道，这个徒弟就是我的朋友鱼无人无疑了。

第二天，鱼无人带着那个巫师来见道士。巫师只看了道士一眼，便吓得退出门来。鱼无人也跟着出来，问他发生了什么事情。巫师说："哎呀，你的师父快要死了，也就几天的时间了。我看他的神情就好像浸过水的灰烬一般，这已经是临死的征兆了。"鱼无人听后大吃一惊，一回到屋里，就禁不住痛哭流涕。道士却笑着说："你不用说了，我都知道了。明天你再叫他来。让他再仔细给我看一看。"

过了一天，那巫师又来了，进门一看道士，立刻对鱼无人说："你的师父遇上我真是太幸运了。你看，我只来了两次，他的征兆就减轻了，完全有救了。我已经观察到他的眉宇中有复原的迹象。"鱼无人于是兴高采烈地跑回到屋里，刚想把巫师的话告诉道士，道士却又摆摆手，说道："你让他明天再来，再仔细看一看，不要这么漫不经心。"

又过了一天，巫师又来看道士的面相。这次看得甚为仔细。看完之后，悄悄把鱼无人拉了出来，对他说："你的师父最近心神不稳，神情恍惚，我这个时候恐怕无法给他看相占卜，还是等他心神稳定的时候再说吧。"鱼无人进屋之后，道士并不罢休，还是命令他再去请那巫师，让他再来一趟。

又过了一天，巫师又来了。他一进门，还没怎么站定，就慌里慌张地跑出去，一直跑出军营大门。道士说："追上他！"鱼无人于是追出门去，不久便垂头丧气地回来了。他没有追上那个巫师。道士仰天大笑，说："就凭他那一点小伎俩，还想给我看相。"鱼无人羞愧地跪在地上。

道士向鱼无人交代了寻访列御寇的事情之后，就离开了青云关。

他还有一件事情没有办，那就是帮我寻找我在青云关的故人。直到出关之后，他才想起这件事情。我对他说："还是算了吧。以我如今这种面目，怎么能见故人呢？"

三

道士将我带到他的修炼之地，教我射箭和飞行之术。

我觉得这是不可能的。因为我既无身体又无四肢，何以拉弓射箭，又何以振翅高飞呢？但是道士却说无妨。他带我到一间屋子里，那里面摆满各种木雕，有公鸡、有雄鹰、有猿猴、有老虎，还有人形木偶。除了木雕之外，还有纸鸢。那些纸鸢也各种形状，各种名目的应有尽有。他一挥手，那些木雕就都活了，公鸡打鸣，雄鹰展翅——我一下子明白了他的意思。他要为我量身定做一个身体。他从一堆木料中随便挑选了几块，便铿铿锵锵地制作起来，一会儿斧头，一会儿锤子，一会儿凿子，一会儿又刻刀，看得我眼花缭乱。这个制作过程对一般人来说也许沉闷漫长，但对一个骷髅来讲，却没什么。我认为他只用了一眨眼的工夫，就给我制作好了一副完美的身体。他将我这颗骷髅头安装在这副身体上面。我试着摇摇胳膊，甩甩双腿，又尝试着迈开步子走路。我在外面围着这间屋子走了几圈之后，决定拜他为师，学习射箭和飞行。

为了学习飞行，我每天都要穿越一个茂密的森林，到对面的山上去，攀缘到山崖的最高处，在那里观察各种飞鸟，揣测飞翔的技巧。这是师父留给我的功课。爬山对我来说倒不是困难的事情，我担心的是一个人独自穿越森林。倒不是有关这个森林的种种奇迹和传闻吓住了我，而是我一旦走进这茂密的丛莽，便会忘乎所以。我总是不能克服原始森林的幽深景象对我的诱惑，就像当年路边一处茂盛的草丛对我的诱惑一样。我总是会在里面乱走，对每一棵参天的树木都怀有一种搂抱的欲望；如果发现一棵以前从没见过的树种，便会欣喜若狂，为了找到另外一棵，更会乱走一气，直到彻底迷失，不得不在森林中独自度过一个惊悚之夜。我还迷恋那些在难见天日的土地上生长的花草，它们的藤须枝蔓纷披，漫长迂回。我迷恋于顺着一些藤蔓行走，以找寻到它最初的根基，然后再顺着原路返回到藤蔓的末梢。在我沉迷其中的探访过程中，藤蔓常常会悄悄移动自己的身躯，像一条温顺的蛇，在草丛中摆动一下尾巴，而我却听不到一点声音。在这样的原始森林中，是不可能看见飞鸟的，就连一些庞大的动物，都难得一见。我是在漫无目的地游走之中，偶尔才到达森林的边缘，攀上陡峭的山崖，去做师父布置给我的功课。

在山顶，我常常坐在一块向阳又背风的巨石下面，盘腿而坐，瞭望万里无云的蔚蓝高天，期待一只苍鹰从上面飞过。在这种持久漫长的等待中，时常会昏昏睡去。飞鸟与我并没有什么约定。有时候等上好几天，也不见有一只鸟飞来；有时候又会连续几天都有大量的鸟在此集会，从一座山峰飞向另一座山峰，在两座或几座山峰之间来回穿梭；又或者，它们组成几个方队，分别占据一座山峰，然后，两座山峰之间的方队一起起飞，等飞到高处，同时向对方俯冲、撞击，彼此穿越，然后落脚在对方的山峰上，稍暇片刻，再以同样的方式返回，如是再三，直到筋疲力尽。当落日西沉的时候，会有一座山峰上响起一阵鸟的和鸣，其声悠长尖利，却又辗转凄恻，使我这在另一个遥远的山峰上观战的人都要忍不住落泪。我常常为那些在战斗中羽毛横飞、折断了翅膀坠落到山谷中的鸟儿感叹不已。

在山顶，我基本又恢复了以往沉迷于冥想的习惯。常常在等待飞鸟出来的半睡半醒之中，梦到自己飞行。那是一种无比美妙的体验，却也有苦恼——有时候飞得很好，有时候又根本不能控制自己。有一次，我冥想到自己正在山间自由飞行，看到山谷中有一个高台，高台上有两个人正在对弈，其中一个人正是我的老师。老师和那人都在安心下棋，并没有注意我在他们的上空盘旋。我想要准确地落到那个山谷中去，落到他们棋盘边上，却无论如何也做不到。我在空中来回滑行，像一个不会滑冰的人行走在冰面上，东倒西歪，跌跌撞撞，总是掌握不好力度，以至于降落到十几里之外的另一个山谷中。而刚过了一会儿又飞得异常平稳。我在一条狭窄的巷道里飞行，一点也不担心会碰在墙壁上。我轻灵地飞进一间房门虚掩的屋子，上下逡巡一番之后，降落在一本书上。过了一会儿，有人推门进来，并不掌灯，拿起书架上的一本书，出去了。那人刚走不久，又一人进来，也不掌灯，也径直到书架这边，伸手拿起一本书，掂了掂，又放下；似乎拿错了，重新再拿，却始终没拿到自己要找的东西。他翻箱倒柜地折腾了半天，一无所获，懊丧地离开屋子……

正午时分，吃过午饭之后，我会去师父修炼的屋子。我总是在这个时间去，这几乎成了一个惯例。而他也总是在这个时间才

145

会坐在自己的老圈椅里，闭目养神。穿越一道悠长而逼仄的巷道，来到师父门前。敲过门，半天才得到进去的允许。我恭恭敬敬地立在师父的圈椅旁边。他闭着眼睛，并不看我。

我站了又有半炷香的工夫，他才缓缓从口里吐出一句话："你的箭术最近练得怎么样了？"

"已经练到百发百中。"我挺直了身体，说道。

"那你表演给我看看。"

我们来到靶场。师父让人将他连圈椅一起抬了过来。正是正午时分，太阳垂直照射。我低头看地上，看不到我的影子。我取了一只弓，站在师父指定的距离，拉满弓弦，瞄准了目标。正要放箭的时候，旁边走来一个人，端着一杯水。这人将这杯水放在我端弓的手肘上。我的手肘立刻感到一阵灼烧般的疼痛，这竟然还是一杯刚刚烧开的水。我发出了第一支箭；箭刚刚飞出，还没有到靶心，我又搭上了第二支箭；第二支刚射出，第三支又搭上了弓弦。三支箭依次落在靶心上。我感觉自己一旦开始射箭的状态，就像一个木头一样安静。端弓的手肘上放置的那杯水也是一动不动。

师父并没有看我怎样射箭。他一直躲在一个背阴的地方，听我射箭的声音。等我射完了这三支箭，他没有表示丝毫奖赏的表情，反而大摇其头，说我这仅仅是有心射箭，还不是无心射箭。怎样才是无心射箭的射法呢？

"你不是一直在悬崖上观察飞鸟吗？我想跟你穿越森林，登上高山，脚踏悬崖，面对百丈的深渊。我想在那里观看你的射术。"师父说。

我只好带领师父攀缘到我常去的那座山峰之上。师父照旧让人将他和他的圈椅一起，抬上山去。他好像从来也没有来过这里，表现出很陌生的表情："这就是你经常来的地方吗？"

"是的。"我说。

"还不错呀。是个练功的好地方；只是怎么不见有飞鸟呢？"

"这正是午后最燥热的时间，鸟儿们想必都躲藏在树荫里了。"

"那要等到有鸟儿飞出来的时候才能检验你的射术啊。"

师父在我常坐的那块背风又遮阴的巨石背后，躺在安乐椅上睡着了。我趺坐在他的身边，再次陷入了冥想之中。我们等待着暑气消退。

这一回，我在冥想中回到了乡下，快要见到我的妻子。妻子正站在门外，翘首张望。我赫然看到一队人马先我到达，走在最前面的人，骑着一头威武的骏马。他在快到门前的时候，从马上跳了下来。妻子看见那人到家，赶忙迎了上去，满脸的欣喜和惊讶。那队人马被布置在院子的四周，没有人敢靠近。我在远处爬上一棵树，看见妻子和那个人手牵手走进屋子，顺手关上房门。我的心头顿时一阵刺痛。但随即便又开始嘲笑自己：这难道不正是我想要的结果么？为什么心里还会这么不舒服，进而有杀人之心？我不是自命有着超凡脱俗的止水之心么？可是自我的嘲笑和说教并不能使我平静。我跳下树，径直走向前去。士兵举起没有出鞘的刀拦住我。我一时激起的满腔气血被这把压在我胸膛上的沉重铁器骤然冷却下来。我意识到处境的危险。于是装扮成好奇者的神色，向这个士兵打听起这家人的情况。士兵竟也是个多嘴多舌的人，将他所知道的悉数告诉了我。他不说还就罢了，说完之后，更让我感到不知所措。他说他们的首领，就是刚才进去的男人，也就是这家的主人，姓列名御寇，以前是个好吃懒做的小混混，在妻子的教诲下，迷途知返，出门三年，学得绝艺，有百步穿杨的神奇射术，又能御风而行，深得当朝欣赏，官拜骠骑将军，屡立战功，百战百胜。此次返回故乡，是来接妻子赴京的。这个士兵正在滔滔不绝地说着，突然一阵狂风刮起，院子里飞出一人。那人只在半空中悠然自得地飘着，缓缓地在村子的上空迂回盘绕，惹得众多村民都来围观。那些村民为了表达对他的敬意，纷纷拿出自己最好的礼物，往我家跑去，踏烂了我家的门槛不说，我家本来不大的小院子里，摆满了他们出于礼貌而脱掉的鞋子。我混在这些村民中间，走进了自己的屋子。妻子正坐在中间的位置上，殷勤地招待着客人。我夹杂在人群之中，她竟没有看上我一眼。不一会儿，那个人结束了炫耀似的飞行，回到屋内，与我的妻子肩并肩坐在一起。他的目光威严地扫视着每一个客人。当我们四眼相对的时候，他似乎有那么一点不安，但随即就掩饰过去。但我却大大地震惊了。那个人确实就是我。

正当大家都在喝洭欢笑的时候，突然一个士兵进来，向那人通报说刚才来了一个道士，那道士拄着很高的拐杖，在门口站了一会儿，什么话都没说就走了。男主人听说后立刻很惊慌，光着脚，提着鞋，就跑出去了。我们也很好奇地从门缝里往外看，已经没有了道士的影子。只听到远方传来一阵歌声："巧者劳，智者忧，无能者无所求，饱食而遨游，泛若不系之舟。"

我被这一阵歌声惊醒，忽然感到周身凉风习习，睁开眼睛一看，天空正涌起层层阴霾，午后的暑热消散殆尽。我的师父已经离开圈椅，正在每个山峰之间来回跳跃，并且发出龙吟虎啸之声。仔细聆听他所吟唱的词句，正好和刚才冥想中的歌声吻合。

山谷中涌起阵阵雾气，天边乌黑的阴霾正在急剧向空中积聚，一场暴风雨就要降临。我和师父的衣袖都被潮湿的雾气打湿。对面数个山峰中突然飞出无数只飞鸟，仓皇不知所顾。我挽弓搭箭，刹那间三只飞鸟分别中箭，向无底的山谷坠落，山谷深处随即飘起一点微不足道的哀鸣。

师父还是摇头。他抓起我的胳膊，将我带到悬崖的最前端。那里有一块松动的岩石，镶嵌在悬崖的豁口上。每当巨大的山风吹来，那块石头都会激烈地颤动，似乎随时都要被大风裹挟而去。此刻，这块石头又在大风中发出颤抖的呼啸，它的整个身躯比以往晃动得更加厉害。师父一脚踏上危石，背转过身，慢慢往悬崖边退步，直到两只脚掌开始悬空，只有脚尖翘起在石头上。我吓得脊背冒出阵阵冷汗，几乎无法站立了。师父说："你只要能像我一样站在这里，并且射中三只飞鸟，我就能教你飞行的本领了。"我的师父从容地走下危石，将浑身战栗的我扶上去。师父刚一松手，我便感到脚下一阵空虚，身体骤然坠落。正在急速下坠中，山谷中突然升起一股上浮的巨大气流，将我稳稳托起。我只感到软绵绵的，好像跌进一个巨大的棉花垛里。我不知道我是正在御风而行，还是已经死了。

夜潜

1

已经一周没有给报纸写消息。战争忽然停止，十几天没有听到枪声，通讯员连续几天都不打电话。"有什么消息，我会打电话的。"那家伙总是这么信誓旦旦，叫人不怎么愿意相信。和我住在一起的同行也不适应听不到枪声的日子，每天早晨起来都禁不住要每个房间跑一跑，生怕漏掉什么。我的通讯员说敌人突然消失了，他们放弃自己的阵地，我们不费一枪一弹占领了那里，但我们没有找到敌人的一丁点线索。现在已经是第十五天，没有任何进展。报纸没有最新的消息。主编打来电话，让我不要总是躺在电话机旁边睡觉，他要我到街上去，观察一下胜利的人群，描写一下他们脸上的笑容，采访他们，通过他们的嘴，说出胜利者的自豪。

这是阳光明媚的大街，昨夜的一场大雪使城市和天空都变得清洁干净。我买了一盒牛奶和一份报纸，站在朝阳的街角。在大致翻完报纸的同时，将牛奶喝完。我将牛奶空纸盒塞进街角的垃圾桶，向另一条街走去。那条街上有一个小型的广场，一群人正在学习跳舞。不费吹灰之力，我便找到主编需要的东西。

我随便拍了一个人的肩膀。"我们打了胜仗，你高兴吗？"我问他。他停下来，摸摸自己的领口，样子极度羞涩，反应也很迟钝，想了半天，竟然说了句："我不知道。"我决定开导他："为什么学跳舞？"他的脸被血烧红，不知道怎么回答才好。"跳舞快乐吗？"这回他总算点点头。我松了一口气，继续问道："那你为什么不笑呢？你应该流露出快乐的笑容才对。"他试图笑一个给我看。"笑吧，我会给你拍一张很漂亮的照片。""真的吗？"他瞪大眼睛，脸上飘过再天真不过的一丝笑容。这可太珍贵了，我赶紧摆弄我的相机，"对，就是刚才这样。"我一边说，一边将相机对准他。"你能把刚才的话再说一遍吗？"他很为难地问我。"什么？"我的脸从相机后面移开，看了看他，没明白他的意思。"就是刚才那句话。"我马上明白了。"我向你保证，你笑起来真好看。"我一边说着，一边准确地按动快门。他这次笑得比上次还要自然。

我还准备拍那个领舞的女孩，其实在拍羞涩男孩之前，我就注意她了。我想主编一定更喜欢这样的照片。这时集体街舞停止，大家改跳缓慢的交谊舞。女孩从队伍里走出，一个人坐在广场深绿色的长椅上，翘起一条腿，将手臂支撑在上面，托起下巴，看上去有些落寞。我从她面前走过，看见她的眼睛。她那一对很深的眼窝，说不出的迷人。

我想请她跳舞。请她吃饭。或者……

2

夜幕低垂。我走在她身后。虽然看不见道路，但并没有被树枝绊倒或者被废弃的战壕弄伤脚腕。没想到她会带我来这里。我承认这是一个美妙的夜晚，没有月亮，宝石蓝的夜空缀满星星。这是冬天难得的好天气。好天气让人忘记寒冷，也暂时忘记战争。我们穿过黑黢黢的树林，来到一片空地。我不能确定是否已经将树林抛在身后，还是依然在树林之中。空地上有一溜歪歪斜斜的墙壁。我们贴着墙壁行走，找到一个低矮的缺口。从缺口翻过墙去。墙的这边又有一片足够大的空地，荒草已经长到半人高。在枯萎的草丛里，三三两两暴露出一些有三角形屋顶的小屋。

"这是什么地方？"我小声问她。她"嘘"了一声，示意我别说话。我拉住她的手，手很凉，也很滑，像一条被偶然捉到的小鱼。我怕它会从手中滑脱，于是又捏紧了些。她的手很软，怎么捏，都捏不到骨头。我攥着她的手，却又被她的胳膊往前拉着，跟从在她的后面。我们走进草丛。在一间小屋的门口，我揽住她的腰，吻她。她回吻我。我们停下来，企图看清对方的面孔。但我不能看清她深陷的眼睛，只看到她微微翘起的嘴角，像一道波动的水纹。她有一种天然的对世界表示嘲讽的神态。

小屋的门槛已经朽烂，但是还有高高的石阶。我们坐在石阶上，正对着密集的荒草。荒草像队伍一样站在我们面前。"望不到边的荒草，虽然有些杂乱，但仍然庞大得可怕。"我忘了这是谁写的句子。那是一篇描写侦察兵深入敌后的报道。文章因为这句话被当成一个笑柄。作者被我们称为"伟大的诗人"。但是，现在，我看着这些荒草，这个句子突然从脑袋里跳了出来。

一个人突然出现在我们面前，手里提着一个东西，恍惚间看不清是什么。我们都没发觉他是怎样出现的，没听到一点声音。这里真是寂静，可一个人从草丛中走来，没发出一点声音，终归让人感到意外。

"你们怎么进来的？"他的声音很低沉。

"我们没走大门。"女孩有些答非所问。他们或许早就认识了。她在这人面前显得很随意，语气中甚至有撒娇的成分。

"野丫头，是不是又弄坏了我的围墙？"他的胖身体左右摇晃了一下，准备开步走。我才看清他手里的东西是一只砌墙用的铁铲。

"他是记者。"女孩介绍我。

"你好。"我向他伸出手。

他却转过身，消失在草丛中。

女孩也不说话，跟着老头儿，向草丛中跑去，示意我跟上。

　　我们在那个缺口旁找到他。他已经收集了许多砖头和石块，填堵那个缺口。

　　"战争，什么是战争？战争应该将炮弹打到敌人的头上，而不是打烂我的围墙。"他在缺口旁来回走着，愤愤不平地自言自语，"去弄些水来，和些泥，我得修补得再坚固些。"

　　"水都结冰了。"女孩笑嘻嘻地说。

　　"什么鬼天气！"他吐了口唾沫，将新捡到的几块砖头摞在那个缺口上。

　　"明天再说吧，敌人不会来这里的。"女孩说。

　　"敌人不会来，可有些坏东西会进来，拉屎拉尿，坏事做绝；我最受不了这个，我又不是清洁工。"

　　"可你也不是泥瓦匠啊。"女孩边说边笑嘻嘻地回头看我。

　　"那我是什么？我不能总是束手无策吧。"他生气了。

　　"你是个大头鬼。"

　　"哈哈。"老头儿很高兴女孩这么叫他，"大头鬼，该管的事也一定要管。"

　　他忽然停止在墙角寻找砖头，好像刚刚看见我似的，指着我，问道："他是谁？"

　　"记者。"

　　"不对，他不是记者。"老头儿狠狠地瞪了我一会儿，对女孩说，"问问他，会不会写字。"

"他问你会不会写字。"

"什么意思？"

"我也不明白。"女孩说。

"他有病吧。"我说。

"他会写字。"女孩说。

"噢？"老头儿装作很吃惊，接着摇摇头，说，"我不信。他读过书吗？"

"他问你读过书吗。"

"他为什么不直接跟我说？"

"你为什么不直接跟他说？"

"先回答我的问题。"

"先回答他的问题。"

"神经病。"

"是的，他读过。"

"读过几本？"

"他问你读过几本书。"

"真无聊。"

"不要这么说，这很有趣，你不觉得吗？"女孩朝我睁大眼睛，好像在启示我发现这里面的趣味。

"有趣？他好像不喜欢我！"

"他说什么？"老头儿弯着腰，手里的铁铲在冻得坚硬的土地上敲打着。

"他说你很有趣。"

"有趣？哼！"老头儿扔下手里的铁铲，突然朝我扑过来，揪起我的衣领，将我狠狠摁到矮墙上，一手顶着我的下巴。我的头撞到砖头，头皮一阵阵发紧。只听他对女孩说，"跟他说，他知道自己做了什么。"我试图抬起脚来踢他，不料肚子又被他的膝盖顶了几下。他勒住我的脖子，我感觉快被憋死了，掰他的手，掰不动。多亏墙上落下来一块砖头，砸在老头儿的胳膊上。他的手一松，我趁机将他双手从脖子上拉开。缺口上的砖头哗啦全震落下来。老头儿闪开，再次消失在草丛中。

"这个老浑蛋。"我向草丛中追去。

"算啦，我们是来玩的。"女孩突然拉住我。

"我找他算账。"

"他是个疯子。"

"疯子也不行。"

"要不，我们还是回去吧。"

疯子重又钻出草丛，喊了一声："有种跟我来。"

追着他钻进草丛，一阵乱走，进入一个院落，黑暗中摸进一间屋子。

我揿亮打火机，四处照了照。空荡荡的小屋，只有一张桌子和椅子。桌子是红色的，桌面上的油漆已经崩裂，裸露出原木，一些油污泼溅在上面。桌子上胡乱摆放着一些杂物，有一把猎枪压在那些杂物上。疯子坐在仅有的一把椅子上，不说话，专心卷着自己的旱烟。我将打火机照到他的脸上，顺便给他点着旱烟。他吧嗒吧嗒地抽了一会儿。屋子里便全是烟雾和呛人的味道。女孩忍不住流起眼泪。她将脸埋在我的怀里，我挥着手为她驱赶烟雾。我熄灭打火机。一阵狂风，吹破门框，两扇松弛的门板"哐当"一声打开，复又关闭了。好像从外面闯进一个人来，发现走错门，又迅速退出去。来去之间，速度奇快。这么晴好的冬夜，风是从哪里刮来的呢？

3

我和女孩坐在咖啡馆靠近门口的位置。侍者很久才端来我们的咖啡，但我们临时改变主意，改要啤酒。"但是，这咖啡还是你们的。"侍者很有礼貌。他的领结戴得很正，只是白色衬衫的领子上有些暗斑，不知道是不是灯光太暗的缘故；还有他的眉毛，有些凌乱；还有他的眼窝，像是被人打过一拳，又黑又肿。"这很不容易，我将你们的咖啡多熬了半个时辰。"侍者努力让自己站直，但是他的身体还是不由自主地向一边歪过去。他手里的托盘也在倾斜，两杯咖啡正斜溢出杯子。我给了他几枚硬币，然后问他："你的眼睛怎么了？"他马上变得很激动。"管你妈的屁事！"他的回答整个咖啡馆都听到了。"请原谅我讲粗话。"他意识到自己做错事情，将还没来得及放进口袋的那几枚硬币放回桌子上。"今天晚上我会赢过来的，我以我那幢被炸毁的房子做赌注。"他用手摸了摸自己的黑眼圈，另一只拳头攥紧了，"这叫以眼还眼。"

他朝咖啡馆深处走去。在我的位置上可以看到咖啡馆后台最深处的转角，正站着一个又胖又矮的家伙。他怒气冲冲，迎着走过去的侍者就是一脚。他身体碰在墙上，托盘跌落在地上。"敢对客人讲粗话，我看你是不想干了！"那矮家伙的嗓门也够惊人，我在这么远的地方都听到了。这是咖啡馆的老板。我们都认识他，一个吝啬的老头儿，他的电话从来都没有被白白打过。

女孩搅动着咖啡，一些黑的东西从杯底泛上来。我问她有关那个老疯子的一些问题。她似乎和那疯子很熟，有关他的事情说了一大堆，但是我一句也没听明白。我觉得她说话颠三倒四的。我们没有喝那杯熬糊的咖啡。

她突然声称自己丢了东西。"一定是丢在树林里了。"她做出回忆的表情。我提议一起返回树林，将东西找回来。她却不同意我去，而让我在这里等她。她说她知道一条近路，很快就会回来。我看着她穿过咖啡馆的后台，从后门消失。

我独自一人坐在这个靠窗的座位上。一阵阵寒冷，正从密闭窗子的细小缝隙中穿透过来。这是个坐落在郊外的咖啡馆，四周都是空旷的野地。由于室内光线的昏暗，在我靠窗的位置上，甚至可以透过玻璃看到天上的繁星。

4

深夜不可能看见飞机，可是我在咖啡馆的玻璃后面却看见了。我断定这是消失已久的敌机。先是听见机翼的震动和发动机的轰鸣，然后在东南方的夜空，看到两三架飞机在几颗较亮的星星之间穿过。然后是大批的战机滑过夜空，穿插在每两颗星星之间。它们大都飞得整齐，有序，但是偶尔也有几架似乎迷失了航道，或者突然遭遇气流，飞机发生了颠簸，并且干扰了别的飞机；一些飞机在乱兜圈子。似乎地球磁场突然发生紊乱。但是那些飞行员都是经过严格训练的优秀飞行员，他们很快调整好，飞行渐趋平稳，向西北缓缓飞去。西北，正是城市的方向。敌人要夜袭了。咖啡馆里乱作一团。实际上他们都没看到飞机，他们只是隐隐听到一些声音。后来，一切又平静了，天空没有一架飞机，只有寒星闪烁。我依然坐在窗前，喝一杯冰啤酒。突然一道闪光，天空中出现一个着火的东西，正在急速下降；一眨眼的工夫，东面不远处，轰然起来一阵光团，紧接着是宏大的爆炸声。咖啡馆里有强烈的震感。

一架敌机坠毁了。它一定是一开始就掉了队，从后面赶上来，结果还没到达目的地的时候就栽了下来。爆炸的地方是哪里呢？

我隐隐有些不安，直觉告诉我，飞机正好坠落在那片树林里。我一方面担心跑回树林的女孩，一方面又感到一阵兴奋，因为终于有东西可写了。我现在要做的就是赶快打电话，告诉报社这里发生的事情。突然又想起树林里那个浑蛋老头儿，真不明白他为什么不相信我是一个记者。如果不是考虑到他年纪老得厉害，他那么对我，我是不会轻易就算了的。现在树林里正烧起大火，不知道他会怎样。他的小屋都被包围在密集的荒草中。"望不到边的荒草，虽然有些杂乱，但仍然庞大得可怕。"这个句子再次从脑子里冒出来，徒然使人心惊。

外面下起雪来。我跑出去，远远看了一会儿大火的光芒，又跑回来找电话打。但咖啡馆里的公用电话前已经排起长队。我担心我的口头报道不能在第一时间发出去，所以请求前面的人能让一让，但他们都异常固执。等到我发现周围没有认识的同行，心里才稍稍舒一口气。我喝着我的冰啤酒，站在排队打电话的队伍里。

前面的人吵起来。有个家伙老是抱着电话不放，一遍一遍地拨，却又不说一句话就扣掉，重新再来。他身后的人都不耐烦地催促他。他异常固执，结果被后面的人挤出来。但他依然紧抓着话筒，嘴里不停地"喂喂喂"喊着，却始终没有人接听。有个大个子捏住他拿话筒的手腕，扭了几下，话筒才从他手里脱落，被身后的人接住了。他一手扶着那只受伤的手腕，嘟嘟囔囔地从人群中挤出来。

　　他低着头从我身边走过，我拍了拍他的肩膀。他看见我，立刻蹦起来："我说你怎么总不接我的电话！原来你在这儿。你知道吗？我第一个抢住电话，就是要通知你这里发生的事情；这下你可有得写了。你说，我够不够哥们儿。你说，我这个通讯员当得够水平吧！你说，你能不将我的名字在你们报纸上署出来吗？"

　　"我也正要打电话。"我说。

　　"怎么不早说？"

　　"算了。他们肯定已经知道了。"

　　"那我们怎么办？"

　　"我们去现场。你会摄影吗？"我问他。

　　"我可是业余摄影家协会的会员呢……"

　　"我们没有相机。"

　　"你的相机呢？"

　　"丢了；他妈的，我才发现。"是的，这确实是我刚刚才发现的事情，我脖子上的照相机没了。准是在树林里跟那浑蛋老头儿扭打时弄丢的。我奇怪的是，在刚才女孩发现丢东西的时候，我怎么就没发觉自己也丢了东西呢。

　　"等一下。"他想了想，"咖啡馆老板有一个老式相机，去年他女儿过生日的时候我还见他用过，我们借他的。"

　　"这个吝啬鬼，他会借吗？"

　　"很难。不过我总算认识他，他女儿生日的时候我来喝过酒。

你在这里等我。"通讯员看上去蛮有把握。

"好吧。"我将两只手插在口袋里，抬头看天。天上飘着细碎的雪粒，空气很湿润。嘴里呼出的热气融化了它们。我在想那个女孩。我回忆我们的初吻。也许她和那个浑蛋老头儿这会儿都死了。飞机也许正好掉在老浑蛋的领地里，正好砸在那个老浑蛋的屋顶上。可惜那个女孩，我多么喜欢她。刚才在咖啡馆里，她多么像我的女朋友。我们那么默契，那么心领神会，简直是幸福的一对。但是，她却突然返回树林。她到底丢了什么重要的东西，而且不让我陪她去找？如果我陪她去，那架飞机还会掉下来吗？

通讯员从咖啡馆里出来了，两手空空。早就料到是这样，但没有料到的是咖啡馆老板从后面追上来，跳着脚大骂。通讯员拉起我的胳膊就跑，远远地将咖啡馆老板甩在后面。

"这个老家伙，一开始说没有；我提起他女儿过生日的事情，揭穿了他的谎言，他又说机器坏了；没想到他女儿站出来，当面指责她父亲撒谎，并且将相机拿出来，交给我，不料被这老东西劈手夺下。我一失手，相机掉在地上，摔坏了。这下把老家伙心疼的——追着赶着要我赔。我哪有钱啊，只好跑出来。"

5

我们朝着树林的方向走着。树林里的火光明明灭灭，映红了东面的天空。然而雪也越下越大。我突然觉得不对劲，树林好像在移动，好像它在我们前面跑似的；我们无论走多快，都赶不上它。我和通讯员已经默默走了好一阵子，但距离它还是很远。而他还沉浸在刚才摔坏相机的兴奋之中。"嘿，给这个老吝啬鬼放一次血可真痛快。"他攥紧的拳头在暗夜里挥舞。

"是不是有些奇怪？你看那树林，怎么老是到不了？"

"本来就是嘛，还很远呢。"

"我记得很快就能到的。"

"你记错了。"

"我怎么会记错？"

"你怎么就不会记错？"

"我去过那里。"

"是吗？"他突然站住，"什么时候？"

"刚才。"

"胡说什么呀。"

"没错，在去咖啡馆之前，我去过那里。"

"你在说什么呀！"通讯员突然糊涂了，"难道我们不是一直在一起吗？"

"我们怎么会在一起？"

"那你跟谁在一起？"

"我跟……我没跟谁在一起，我一直一个人。"

"你一个人？"

"是，一个人。"

"哈哈，"他又掐我脖子。这是他惯常的一种亲热表示，但很容易把人掐疼，很让人恼火。"你不能把我忽略掉，"他跑到我前面，迫使我停下来，郑重其事地对我说，"我是你的通讯员；尽管如此，你也不能把我忽略不计。我对你很重要。这不单单因为我是个通讯员；事实上没有我你就像个瞎子，聋子，什么都看不见，什么都听不到，什么也不知道。你需要我。你要记住这一点。"

"你说这些干什么？"

"明明和我在一起，却说是一个人；这不是不把我放在眼里吗？"

"别胡搅蛮缠了。告诉我，你是怎么到咖啡馆来的？"

他急得跳起来："是你说在城里待得太闷，给我打电话，让我到你那里去。等我去了你那里，你又说要出去走走，要我随便带你去个地方，我就带你来咖啡馆了。你别再装神弄鬼了。还装得这么严肃，真是见鬼。"

"难道我们不是打电话的时候才见面吗？"

"别玩了。你知道我胆儿很小。"

"快告诉我！"我突然抓住他的衣领，就像那浑蛋老头儿当初抓我的衣领一样。我一直都是个冷静的人，可我感到大脑里突然吹进一阵雾气。

"事实就是这样。我们傍晚走进咖啡馆，一直坐在那里，就是靠近窗口的那个桌子，你一直在喝一种冰的啤酒，而我喝的是咖啡；这不会有错的，咖啡馆老板可以证明。你到底怎么了？"

"那么，"我尽力驱散那阵雾气，"你记得那个侍者吗？"

"哪个？"

"就是抱怨战争的那个。"

"我不记得有这个人。"

"他输了钱，被人打成黑眼圈。"

"我保证，没有见过这个人。"

"这不对。"

"哪里不对？"

我感到头晕。这小子都说了些什么？他是不是在跟我说话？我停下不走了。我突然很担心他说的都是真的。我在原地转了几圈，雪地上留下我凌乱的脚印。这些脚印好像自己会动，而且发出沓沓的响声，好像是另一个人在走动。我蹲下身子，企图抹掉地上的脚印，可抹掉之后，立刻有新的脚印踩上去了。好像那些脚印很顽皮，故意不让我抹掉似的。这增添了我心绪的烦乱，拼命晃了晃脑袋，感觉才好一些。"嗨，不管了，"我对他说，"还是赶快赶到树林吧。"

走了没几步，又想起一个疑团："你给我打电话怎么解释？"

"爆炸一响，你就往外跑；我知道你要打电话，就帮你去抢占电话机了。"

"不对，你说你是要给我打电话。"我终于找到这个家伙撒谎的证据。

"不对，我从没说过。我抢占了电话机，我不打，也不让别人打，就是等你来；可你却傻傻地站在外边发愣，不知看什么。我一个人抢不过他们，就被他们挤出来了。"

"你为什么撒谎？"我想我得教训他一下。

"什么意思？"

"是我疯了，还是你在开玩笑？你这么干，是不是想证明你对我很重要？重要到连我的记忆都得由你说了算？"

"事实就是如此嘛！你看，明明树林还很远，你偏说很近；可它还是那么远。你说近也没有用。难道你一说近它就近了？难道它会主动向你跑过来，迎接你？"

"我没有说树林。"我还是嘴硬。树林确实还很远；但只要到达树林，什么都清楚了。

雪越下越大，这增加了我们行走的困难。就算是去看一场热闹，好奇心再强的人这个时候也会退缩。事实上我并没有这么强的好奇心。事实上我根本就没有好奇心。我都不知道这是去干什么。就为了看一场大火，还顶风冒雪的，这在我还真是平生第一遭。我还记得小时候在乡下，人们经常会从自己家的田地里掘出古老的坟墓来；每当这个时候，总有许多大人小孩跑去围观。我不知道他们跑去是为了看什么，难道就为了看到一堆白骨么？我没有这样的兴趣；至于等到他们从野地回来，兴奋地讲述所看到的东西的时候，我就更加不屑一顾了。我觉得他们讲的跟我想象中的没什么两样。既然想象可以看到那一切，又何必亲自跑一遭呢？我从不干这种愚蠢的事情。现在我做记者，从前线发回的报道，并不是我亲眼从战场上看到的。我根本不用去又辛苦又危险的前线，我宁愿躺在床上，守候着电话机，从通讯员的只言片语中看到那一切真实的场景。是的，必须是真实的，这是新闻的最高要求。但我的想象比真实还真实。有时候我都责怪自己，为什么不去做个预言家。

"算了，我看我们还是回去吧。"我说，"其实不用去看，我也知道那里的事情。"

一架飞机坠落了，冬季干燥的树林引发了大火；可是大雪又扑灭了这场大火。这是敌人偷袭的代价。他们消失这么长时间，就是为了准备这次夜袭。可惜他们的行动是失败的，因为他们算错了天气；头半夜还是繁星满天，湛蓝湛蓝的夜空，没有一丝风，空气仿佛冻僵了，这样的天气再适合夜袭不过了，又隐蔽又安全。可是他们没料到风云突变。要说在冬天出现这样的天气也真够少见的，这多像夏天的暴风雨，说来就来了。只能说明一个问题，老天爷是站在我们这边的。要么，再有点想象力的话，我们可以猜测这是我方秘密研制的气象战技术的成功运用。可是气象战是反人类的……我在心里胡思乱想了一通，好像是在给将要写的新闻稿打腹稿。是的，这次稿子一定要给通讯员署名，他已经向我提出抗议了。可他叫什么来着？

"就快到了，去看个究竟吧。"通讯员具有职业性的好奇心。

"有什么好看的？不过是一架被烧得发黑的飞机的残骸。"我停下脚步。

"那也可以看看它烧到了何种程度，看看它内部的构造啊。"

"这有什么好看的？"

"走吧，都马上就要走进树林了。我还没见过坠毁的飞机呢。"

我可以发誓，我真的来过这片树林。我发誓，我和那个姑娘就是从这里进入的树林。可是我说什么也不能走进去了，我双腿发软，怎么也迈不开脚。

"你怎么了？"通讯员几乎要跑起来，看见我踌躇的样子，有些奇怪。

"我来过这里。"我说。

"又来了。"他很不耐烦。

"对，我又来了。"我突然感到六神无主。

"翻过前面那道堤防，就可以进入了。"

"不去了，我要回去。"我向后转，开步走。

"快看。"他突然压低了声音。我回过头，顺着他的手指，看见树林里有火光闪烁。难道大火还没有被大雪扑灭？我们翻过树林前面的一道堤防，走进树林，听到有人在大声说笑。我们放轻脚步，尽量不让雪地发出响声。

那是一小块林中空地，几个人正围着一个火堆坐着，喝酒谈笑。我们躲在树木后面偷听他们谈话。可是还没听到几句完整的话，我就迫不及待地从树后闪出来，跑到火堆旁边去。我跟他们要了一点酒，喝了一口，才觉得身体舒服一些，不再感到寒冷。这都是我的同行，他们竟比我早到了。他们很奇怪我会来得这么晚。他们七嘴八舌地告诉我树林里究竟发生了什么事，我胡乱听了两句，果然和我想象的没什么两样，就更放心地喝起酒来。

而我的通讯员却焦急地询问现场的位置，他要进去亲眼看看。他问我去不去，我摇摇头。他自己去了。好大一会儿才回来，一句话不说。他们问他都看见什么了。他说他看见一架飞机挂在两棵树之间，那两棵树烧成了木炭，飞机烧成了一个鸟笼子——只剩下骨架了。他们便哈哈大笑。可是他却不笑，脸色一点也不好看，很阴郁的表情。别人都没注意这些。我以为他不舒服，问他怎么回事。他说他看见一具女尸，在距离现场不远处，已经烧得不像样子。我立刻跳起来，要他带我去看。他使劲摇头，浑身发抖，眼睛里竟然淌出大把大把的泪水。我也有些踌躇，便问他们那个女尸的情况。我的同行们却都否认看见过女尸，只说发现一具飞行员的尸体，已经就地掩埋。他们很怀疑我的通讯员的说法，因为这里是不可能有女尸的（一个单独的女人怎么会出现在这么荒凉的树林里？）；即使发现还有一具尸体，那么在夜色笼罩下，你怎么轻易就能断定是女尸呢？他们由此断定，我的通讯员在说谎。可只有我自己知道他说的是有道理的。为了证实这桩疑案，我要求通讯员再陪我进去看一下，他无论如何也不肯。他好像看到了极度恐怖的东西，眼神都变得呆滞。这更加刺激了我。我拉起另外一个记者奔向现场。

我们在树林里七扭八拐，却怎么也找不到现场的位置。好像它在跟我们捉迷藏。我怀疑迷路了，就问那个记者现场是不是一块很大的空地，他否认。他说现场就在这些密不可分的树木之间，很难找到。我们又东奔西走地寻找一圈，依然没有找到悬挂飞机残骸的那两棵树。而我们已经在这密集树林的雪地里摔了好多个跟头。

"我说，是不是根本就没有飞机失事这回事？"那个家伙突然开口这样说，吓了我一跳。"也许根本就没有飞机掉在这里，这准是谁撒的一个谎。""你不是来过现场吗？"我气急败坏。"没有，我也是和你一样，来晚了，看他们围在那里喝酒，就凑上去。我确实没看见飞机。""那你知道有谁看见吗？""我就知道你的通讯员说看见了；别的人都没这么说。"我不是不敢相信我的耳朵，而是想马上揍他一顿。但他喝醉了，说话乱七八糟，好几次头都碰到树干上，撞得他哇哇乱叫，却又好像没什么事似的。他摔了好几个跟头，都是头先触地；如果不是我扶住他，他的脑袋已经开了多次花了。我想只有脑子摔坏的人，才会说这种话。我冷静下来想了想，决定先找到那个浑蛋老头儿的围墙，但这场雪下得实在太大，将他的围墙掩埋了也说不定。绕来绕去，都是在原地打圈子，最后竟然又回到那帮人喝酒的地方。我掰着脑袋一个一个地询问他们，究竟谁亲眼看到飞机的残骸。他们都面面相觑，最后一致指向我的通讯员。而我的通讯员这会儿却因为酒量不济，躺在火堆旁边睡着了。"这么冷的天儿，他居然睡着了。""我看他非冻死不可。"他们七嘴八舌讥讽着这个沉睡的人。

"你们究竟看到飞机没有？"我最后一次质问这些家伙。他们都已经被酒精搞成傻瓜了，纷纷摇着大小不等的脑袋，说压根就没看见有飞机飞过来。我又问他们大老远跑这里干什么来了？他们居然自己也很疑惑，直到一个家伙突然从雪里扒出一杆猎枪来。"这是什么？"他惊喜地喊道。

6

"回来了？"

"回来了。"

"看到什么了？"咖啡馆老板坐在我对面。我那靠窗的座位被人占了，只好坐在大厅中央的长桌上。长桌中央点了一溜白色的蜡烛，越发显出室内的幽暗。他对树林里发生的事情感到好奇，很大方地请我喝了一杯。他的大方没有让我感到惊讶，本来今晚发生的怪事已经够多了。

"什么都没看见。"我说。

"那你跑这一趟干什么了？"他语气里饱含失望，但更有责备的意思。大概已经后悔请我喝这一杯毫无内容的酒了。

"根本就没有飞机。"

"飞机？怎么还有飞机的事儿吗？"

"怎么会没有；我就是为了看飞机才去的。"

"这真奇怪，你怎么知道那里会有飞机？"

"大家都看到了。天空飞过敌机，其中一架坠落在树林中。你不是也看到了吗？咖啡馆里的人都跑出去看。你没跑出去看吗？哦，对了，我想起来了，你当时正守护着电话机，准备发财呢！"

"胡说八道。我根本没听说什么飞机掉下来；我听说的是树林里起了大火。"

"没错，飞机爆炸，引发大火。"

"不对，是树林里有人纵火。我知道是谁干的。"

"谁干的？"这可真是一个别开生面的见解。

"说了你也不认识。"

"你不说我当然不认识。"

"我看他是真活腻了。"

"你说的到底是谁？"

"这个神经病，老变态！"他咒骂着。

"是不是住在树林里的那个人？"

"就是他。我知道肯定是他。刚才我们喝酒的时候，他还得意扬扬地对我说：看着吧，一会要出大事了！他这么一说，我就知道肯定不是什么好事。你想一个老变态如果很得意，那还会有什么好事呢？"他说完这些，突然想起来什么似的，问我："你认识他？"

"我见过他。"

"你什么时候见过他？"

"就在今晚。"

"你刚才看见他了？"

"没有。我是说大火发生之前见过他。"

"在哪里？"

"在树林，他的小屋。"

"这不可能。"

"千真万确。"

"绝对不可能。要么我们说的根本不是一个人。"

"他是不是个疯子？"

"狗屁！他是装疯。你大概不知道，当然，这些话他也不可能告诉你，因为这都是他的丑事。那里原来是一片坟地，他不过是个看管坟墓的。穷极无聊，在坟地里养猪，没想到发生瘟疫，那些猪长到几百斤的时候，全死光光。这个老变态，每天都提着瘟猪肉来我这里换酒喝。我听说他将那些猪全都埋了，在埋猪的地方种庄稼，结果庄稼一棵也没长成，倒是猪毛草长得异常茂盛。我曾经去过那里几次，那些草，长得都快跟树一样高了。他说不定哪天就会死在里面，臭了烂了都没人知道。"

"这么变态啊！"

"当然变态了，我不都说了嘛。"老板说得唾沫飞溅，好几次我都有给自己撑把伞的想法。"为了让我知道他还没死，他总在固定的时间来这里喝酒。我成了唯一掌握他消息的人；只要在固定的时间他没出现，八成就是死了。"听到猪毛草，我脑子里立刻又蹦出那个句子："虽然有些杂乱，但仍然庞大得可怕。"我纳闷我对这个句子印象怎么会这么深，好像这是我写的似的。

"就在刚才，树林里发生爆炸之前，他还在我这里出现了一会儿。喏，就坐在那个靠窗的桌子上。那是他习惯坐的位置。"

"不对啊，我一直坐在那里。"

"别打岔，听我说完。他坐在那里，我亲自给他拿的酒。我还请他喝了一杯。"

"这不可能，你说的那个时间，我正在他的小屋里。"

"扯淡。"

"我干嘛要扯淡？桌子可以作证，坐在窗前的是我，还有一个女孩。"

"女孩？什么样的女孩？"老板瞪大眼睛，似乎有些着急。我想他大概以为我勾引了他的女儿，所以才如此紧张。我可不会看上一个坐在轮椅上的女孩。我暗地里笑了。"你笑什么？"他眼睛里充满血丝，不像是长久的疲惫积累起来的，而好像是刚刚从眼角爬上去的。那些血丝还在游动。

"我的女朋友。"我回答。

"扯淡，真是大扯淡。你的意思是说正当我和那个老不死的老变态在那张桌子上喝酒的时候，你和你的女朋友也在同一张桌子上喝酒？而你还在那里看见了飞机飞过夜空？"

"没错。"

老家伙眼睛里喷火，显然是被激怒了，他的双手都在哆嗦，抓起酒杯，差点将杯子底的一点酒洒了出来。他突然伸手揪自己的头发，将右边的头发揪到左边。原来他是个秃子，刚才一激动，专门从右边扯到左边的长发，全脱落下来。

"你可气死我了。"他说，"你究竟是谁？你到底是干什么的？"

"我是你的客人。"

"去他妈的客人。我问你是干什么的。"

"记者。"

"去他妈的记者。你哪像个记者？"

"我怎么不像记者？"

"记者都你这熊样？"

"你想找不痛快就直接说。"

"是我想找不痛快，还是你？"

"那你干嘛请我喝酒？"

"王八蛋才请你喝酒呢！我一看你就不是好东西。你今晚第一次进咖啡馆我就注意你了。我一眼就发现你是第一次来，因为以前我根本没见过你；而且我一眼就看出你不是本地人，你的神态、装束和动作都太出格了，简直像一头呆鹅。你也许不记得，是我亲自将你请进来的。我请你坐了这张桌子，这儿，你看清楚了，就是我们现在坐的这里。你始终都是一个人，根本就没带什么女朋友。你听着，幸亏我没看见你和什么女孩在喝酒；但愿这件事情没有发生。当时，我正和老变态坐在那边靠窗的位置上，我们聊了一会儿天，我的眼睛不时还往你这边扫一下，观察你，想弄清你到底是干什么的。我当时想的是，假如你是个便衣或者要找碴儿的主，我就一棍子把你打出去。我想，那个时候你和老头儿还没见过吧。你们如果见过面，不可能不互相打招呼；但他却根本不认识你。我给他说起你这个外地人，他也回头看了你一眼。他对你的印象和我的见解一模一样。他说你是头呆鹅。"

老家伙说得振振有词；不过，这根本吓不倒我。我不想去辩论已经发生过的事实。辩论有时候会让人怀疑自己。我决定不怀疑自己。然后，我提到我的通讯员跟他借相机的事情。

"没有的事。我从来没向人借过什么相机。我根本没有相机。"

"是的，所以你没有借给他。"我早就知道他不会承认见过这个人，因为一旦承认了，就等于承认自己撒谎。

"不是没借给他；而是根本没有人来向我借过。"他的眼睛一眨不眨地盯住我，好像撒谎的人是我。"见鬼，我根本就没什么相机，当然不会有人来借了。"他自言自语。

"您是不是把相机摔碎了也不肯借给人？"我决定还是继续发力。

他突然发出一阵大笑，笑声中嗑出一口浓痰；他将那口痰使劲吐在地上，又用一只脚使劲搓碾："这简直有趣极了。接着往下说！"我用十足嘲讽的语调将通讯员借相机的故事讲了一遍。令人意外的是，他并没有表现出谎言被揭穿之后的恼羞成怒，而是一直在笑。我想，如果通讯员这个时候也在，他肯定不会这么放松了。

7

"他回来了！"我说。

"还没关门啊，老头儿。"通讯员在外边蹭了蹭鞋底上的雪，推开门走进来，大声跟咖啡馆老板打招呼。

"我关了门，谁收留你们这些夜猫子。"

"说得对，老头儿，给我来杯水。你好。"他向我点头致意，在我身边坐下来。

"不要啤酒吗?"

"啤酒待会儿再说。我现在渴死了。"有人给他端了一杯水过来。

"你们认识吧。"老头儿的眼睛从我扫到他。

"这你得问他。"我说。

"等等,"通讯员咕嘟咕嘟喝下一杯水,"再来一杯。"

"怎么就你一个人回来?"我问他。

"回来?从哪儿?"

"又装。你身上的雪哪儿来的?"

"刚才在外面摔了一跤。"

"你就继续编吧。"

通讯员似乎不太愿意跟我说话,他没再搭理我,好像我说了一些完全没头脑的话。他转过头去,继续跟老板聊天:"对。我刚刚醒过来,就跑这里来了。这是因为我没别的地方可以去。你知道,城里这个时候根本没地方可去;而我又睡了一整天,不出来喝点酒怎么受得了?"跟老板聊了一会儿之后,突然又转过脸来,跟我聊:"你刚才那么一说好像我们很熟似的。我们以前认识吗?说真的,我确实觉得咱们好像在哪里见过;不过,我们还是重新认识一下吧。"他从衣兜里伸出他的大手。我摆开他伸过来的手,对他的这套把戏感到厌倦。我站起来,准备离开,却被他拉住了。他把我强按在座位上,张着大嘴,嘴里喷出一股子胃酸的气味:"先别走,走了你会后悔。过会儿我还有条重要消息没有说,这可是爆炸新闻，明天报纸的头条……你一定感兴趣，我保证。"他这么一说倒让我以为他还是清醒的，肯承认认识我了。我从鼻子里发出一点笑声，倒要听听他们说些什么。

"可不，这点你算说对了。我甚至怀疑战争已经提前结束。政府也许已经和敌人秘密缔结了停战协议。而政府之所以一直对人民保密，就是想继续利用战争的恐慌气氛，达到更好地控制人民的目的。"老头儿说这话的时候故意朝两边看了看，低下头，下巴快要抵住桌面，憋紧了嗓子眼儿说出上面的话，好像这些话都是些易碎品，需要轻拿轻放才行。

"不至于吧。"我为老头儿的奇特假设感到好笑。

"我这可不是凭空瞎说，我是有证据的。"老头儿见我不肯轻信，居然慷慨激昂起来，边说边用手指狠狠戳着桌子，"我问你，战争是怎么打起来的？难道真的是像政府说的那么冠冕堂皇么？傻子都知道，那不过是个借口。我可以告诉你们，不但停战是阴谋，开战也是阴谋，整个战争都是阴谋。不论是政府还是敌人，所要达到的目的只有一个，那就是更好更轻易地控制人民，也就是更好地控制我们。你们一定还记得，战争之初，我们的军队开进得很顺利，几乎所向无敌，一度占领了敌人的老巢；可随后呢？又是一连串的大溃败，现在，战线已经拉到城外了，几乎就在我这间咖啡馆的外面。战线这几天推出去了，过两天又撤回来，再过两天又推出去，这里面是有默契的。谁也别想赢谁，谁也别输给谁。你们甚至可以研究一下每天的死亡数字，如果将某段时间敌方伤亡数字相加的总和与我方伤亡数字相加的总和比较一下，一切就很明白了。这两个数字是相等的。他们不过在玩猫捉老鼠的游戏，今天你是老鼠，明天你就是猫。"老头儿说得有些激动，连续地喝自己杯子里的酒。

我可真想为他的奇谈怪论鼓一下掌。虽然他的猜测有些可笑，有违战争的严肃性，但我还是没敢把"严肃"两个字说出来，我知道他一定会对这两个字大加嘲讽的；我不想成为一个被嘲讽的对象。我现在有所惊诧的是一个吝啬鬼的奇特思维。

通讯员这时摆摆手，示意我们停止争论。看来他是喝完了足够的水，已经解渴了。他摸着自己微微隆起的肚子，连续打了几个水嗝儿。开始宣布那一条爆炸新闻了："树林里的事你们都是知道的了，是吧？我就不多说了。至于这场火是怎么引起的，各种猜测也都有，但真正的原因谁也不知道，是吧？这我也不多说了。我来说一件大事。傍晚的时候，注意，是傍晚的时候，也就是说在爆炸发生之前，在树林里，发现一具尸体。这个尸体你们知道是谁吗？都不知道吧。嘿嘿，我知道。"他停止说话，又开始不断地喝水，"哎呀，渴死我了。我怎么会这么渴。老头儿，让你的人再给我添水啊。我都跑了一整天了，一口水都没捞着喝。"侍者站在他的身边，不断地给他添水。

"快往下说。"咖啡馆老板催促他。

　　"死的是一个记者。这个记者我还认识；其实不只是认识，我还是他的通讯员呢。"通讯员说着，脸上微微现出一点哀凄的神色。死了一个同行，我感到很震惊，赶忙问他："是谁死了？"他淡漠地看我一眼："说了你也不认识。"这可把我惹急了，我揪起他的胳膊，从座位上，站起来质问他："装什么孙子，我从树林里回来之前不还都好好的呗？到底发生了什么事？"

　　"他是谁啊？"他再次瞥了老头儿一眼。

　　"一个神经病。"老头儿说，"他刚才就说他是什么记者，还说你是他的通讯员；可我看你根本不认识他么。"

　　"我怎么会认识他？"

　　我这会儿且不管他认不认识我了，只问他那个记者是怎么死的。

　　他说他也不太清楚，只说那个记者上午给他打过电话，让他提供些新闻线索，然后就挂了。而这个通讯员当时在睡觉，一直睡到下午，天快黑的时候，又有记者给他打电话，约他到树林去打猎。他就很纳闷，天都黑了还打什么猎呢。但因为闲着没事，就答应去了。其实去了也不过是找乐子喝酒，然后趁着醉醺醺的时候，壮着胆子在树林里乱窜，没想到就发现了那个记者的尸体，脑袋开花了，尸体不远处还有他随身携带的一个相机。大家都很奇怪，奇怪他会出现在这里。后来有个记者说下午的时候曾在城市广场上见过他，他当时正在跟一个跳舞的姑娘拍照，然后和那个姑娘勾搭起来，带着那个姑娘走了。附近还有人曾看见他们两个走进树林。

"对于他的死因，我们有很多猜测。第一种，在树林里，他企图强奸那个女孩，结果被女孩一枪打死。刚才忘了说明，他是被猎枪打中的，所以，才被打得脑袋开花。这种猜测的依据是他一贯是个好色之徒；这种死法倒是符合他的本性。但是，一个普通的女孩怎么会身上带着猎枪呢？要么是有一个带枪的第三者突然出现，要么，这个女孩另有背景。如果是有第三者出现，那么，这个第三者又是谁？他跟这个女孩是什么关系？这些我们都无从知道；如果这个女孩有什么特别的背景，那么，就是我们的第二种猜测。在女孩的勾引下，记者来到树林里。趁其不备，女孩一枪打死他。而这个女孩其实是个特务，打死他等于完成上级交代的一个任务。这种猜测的依据是该记者一贯是个惹是生非的人，他的文章不但让敌人生气，更容易踩到政府的痛脚，所以有人要做掉他。还有一种猜测，那就是自杀，不过这不符合他一贯的性格。"

"会不会是你们打猎乱开枪，误杀了他。"我在一旁冷冷地补充了一句。

"这不可能。"通讯员极力否认。

"三种可能都有了，怎么会没有第四种可能呢？"

"也许他是被天上落下来的流弹击中的。这算不算第五种可能？"老头儿摇头晃脑地说。

"完全可能。"我严厉地瞪了老头儿一眼，"不过还有一种可能。"

"什么？"他俩异口同声。

我猛然一记硬拳打到通讯员的下巴上。他始料不及，和椅子一起歪在地上。我赶上去，一脚踢走歪倒的椅子，骑到他的身上，在他脸上猛扇。通讯员发出杀猪般的怪叫。老头儿本想过来拉我，但被我吓退了，只好在一边嘀咕："轻点，下手不要太重；可千万别在我这里出人命啊。"我一边扇通讯员耳光，一边质问他认不认得我；又将还没喝完的啤酒倒在他脸上。他来不及回答我。他的嘴角鼻子都开始流血，两颗牙齿掉在地上，一个眼眶肿起来，另一边的眉骨裂开一道缝。他不再挣扎，似乎不感到痛苦，只是不断从嘴里吐出血沫，混合着唾液，有时还吹起几个不大不小的血泡；嘴角翘起，仿佛一个顽皮的婴儿。我从他身上起来，感觉头脑还算冷静，看了看自己的手，手背磕破一点皮，渗出的小血珠和他溅在手上的血混合在一起。黑眼圈的侍者跑过来，递给我一块热毛巾，我擦擦脸，又擦干净手，蹲下，将毛巾放在通讯员的脸上，胡乱抹了一通。我让侍者将倒在地上的椅子扶好，将通讯员重新扶在椅子上，给他喝水。我交代侍者好好照顾他，转身走出咖啡馆。

我在咖啡馆外面的空地上站了一会儿，平息了刚才的愤怒。我纳闷怎么就平白无故地打了人呢？而且被打的还是我的通讯员。没错，是他将事情弄得乱七八糟。我不明白他怎么就那么爱胡说八道，甚至一分钟前说的话一分钟后就可以不承认。我也不明白我出了什么问题，怎么会这么容易就钻进他胡说八道设置的圈套里了。我围着咖啡馆小屋转了一圈，透过玻璃窗往里面看。咖啡馆里已经没有客人，老板在屋子里转着圈子大吼大叫，气急败坏；而我的通讯员因为没人照料，又从椅子滑落到地上。咖啡馆老板走到通讯员身边，踢了他两脚，又从他身上踏过去。通讯员一点反应也没有。

我收回目光，久久注视着玻璃窗里面紧靠着的桌子。就是在这张桌子上，我和跳舞的女孩一起喝过咖啡。这个时候，似乎有人走进咖啡馆，一男一女，两个人。他们径直朝这张桌子走过来，坐下。黑眼圈的侍者拿着一个小卡片过来招呼这两位深夜的客人。不一会儿，黑眼圈的侍者给他们端来了黑咖啡。我想起我和女孩坐在这里的时候。我不知道自己在窗外站了多久，对咖啡馆里面的情景既熟悉又留恋。大概我的脸在玻璃上贴得太近，当那两人同时往玻璃上看时，都吓了一大跳，脸色变得惨白。我突然意识到，这对男女其实就是我和那个跳舞的女孩。我感到惊讶，然而他们又是实实在在的。他们的一举一动，都让我感到无比亲切。

事实上，当他们看到我印在阴暗玻璃上的脸的同时，我也看到了自己在玻璃上的影子。这是一张完全变形的脸。我不认识这张脸。我有一种预感，女孩还在树林中等我。我决定再去树林一趟，找到她。她回老怪物那里取丢失的东西了；而我的相机说不定也丢在那里。如果能够找到她或者我的相机，真相不就大白了么？我沿着熟悉的道路返回树林。

8

这是我第三次进入树林。我没糊涂，那些浑蛋，别想把我弄糊涂。通讯员、咖啡馆老板、树林里的老浑蛋，他们个个欠揍，而我只揍了一个。现在我要去揍第二个；说不定回来我还会揍第三个。那就是我第三次去咖啡馆了。为什么都是三次。三，代表什么？我知道会计算账一般都会运算三次，如果第一次和第二次运算的结果不一样的话，那么就看第三次；一般第三次的结果总会和前两次的某一次相同，那么，相同的就是正确的。可是，如果第三次出现的是第三种结果呢？这就是我早就想好的对策：像揍第一个那样，揍第二个和第三个。揍的结果都相同，那就是他们全趴下。

这依然是一个美妙的夜晚，雪后的夜空依然是宝石蓝的颜色，星星比下雪之前更加明亮。让人怀疑根本没有下过雪，天空一直是晴朗的。如果我可以像通讯员那样胡说八道的话，可以随意否定自己曾经说过的一切的话，我也可以否定我曾说过的下雪这件事情。好吧，什么事情都没发生过。没有下过雪，没有飞机，也没有大火，也没有什么尸体，没有任何胡说八道。树林还是那个树林，没有发生任何变化。这依然是冬天难得的好天气。我一个人在黑黢黢的树林里穿行，来到一片空地。空地上有一溜歪歪斜斜的墙壁。这是那个老浑蛋的墙壁。我正贴着墙壁行走，试图寻找那个低矮的缺口。

突然，从墙里伸出一样东西，顶住我的脑袋。"别动，坏东西。"一个低沉的声音，我举起手。"转身，过来。"我转过身，他用猎枪示意我翻过墙去。这里正是那个我要寻找的缺口。我翻过墙，仍然举着手，面墙而立，不知道他要对我怎样。我现在顾忌的无疑是他的猎枪；如果能夺过猎枪，一定给这个浑蛋好看。好大一会儿，一点动静也没有，他也没再给我发号施令。我偷偷扭头一看，发现这个浑蛋居然不管我了，依然将枪架在缺口上，猫着腰，监视着墙外的树林。我悄悄走到他身后，也猫下身子，向墙外看。我想知道他在监视什么。他突然回过头来，问我是谁，干什么的。我说我是记者。"记者有什么了不起。"他说了一句，又丢下我不管了。我便问他女孩的事情。他却装作听不懂，说根本不认识什么女孩。我反复将这个晚上发生的事情说了很多遍。他听完之后，认为是我在编故事，是在拿他的记忆开玩笑。他说他根本没见过什么女孩，也没见过我。他哪儿都没去过，一直在坚守阵地，保卫这片神圣的围墙不受任何侵犯。也从没有什么飞机和大火。

他推上猎枪的枪栓，突然将冰冷的枪口抵在我的额头上。我感到额头发冷，不禁一阵哆嗦。"一般记者都是间谍；希望你不是。"他说完，调转枪口，继续专注地监视着树林。

"你在监视谁？"我问他。

"一些坏东西。"他恶狠狠地回答。

"为什么监视他们？"

"因为他们监视我。"老疯子说，"树林里总是会有一些莫名其妙的人。这些人很坏，没事就跑到我的领地来做坏事，拉屎拉尿，还骗小女孩。一开始我以为也就是仅此而已，但是后来我明白了，事情没有这么简单。他们其实是来监视我的间谍。你也许不知道，我和咖啡馆老板有个秘密约定，如果在某个固定的时间里我没去咖啡馆喝酒，那就有可能是我在树林里死掉了；到时让他负责我的身后事。这个约定不久之后我就后悔了。因为我发现咖啡馆老板非常急切地希望我死。他三天两头地打发人来监视我，看看我死没死。那些来这里搞破坏的坏东西都是他派来的。他希望是第一个知道我死讯的人，这样他就会感到荣耀。"

"为什么他会感到荣耀？"

"因为这就满足了他的虚荣心。你知道，当一个人知道一件事情而许多人还不知道的时候，他就会很得意，认为他掌握了一件不为人知的事情，非得让别人求着他说出来不可。咖啡馆老板就是这样一个人。他天天盼着我死，可是我偏不死，我要活给他看。"他很严肃地回答这个问题。

现在我终于相信咖啡馆老板说得不错，他确实是个疯子。

他突然再次调转枪口，对准我的额头。"啪"的一声，他扣动扳机。我眼前立刻掠过一道强光，好像天突然亮了似的；身体失重，飘了起来。但是很快，强光消失，我睁开眼睛，发现自己倒在地上，半个身体斜倚着墙壁；而老浑蛋的那张老脸几乎凑到我的脸上。他瞪大眼睛，一只手反复在枪口顶过的地方摸索，嘴里还念念有词："怎么没有洞？怎么会没有洞？"然后丢下我，跑到一边去，检查他的猎枪。

这时，树林里有人说话。老头儿伸出手指，按在嘴上，对我"嘘"了一声。我还没从刚才的惊恐中清醒过来，对此没有一点反应。老头儿重新将枪架在墙壁的缺口上，猫起身体，向墙外窥视。他看了一会儿，回头对我说："不行了，我现在老眼昏花，你帮我看看。"他很有力气，一把将我揪起，强按在墙壁上，并且连猎枪都交给我。

"看见了吗？"他小声问我。

"看见了。"我有些紧张，感觉双腿是软的。

"几个？"

"两个。"

"是不是一男一女？"

"看不清。"

"好，这个老浑蛋，又派人来了。"他低声咒骂。

"瞄准他们。"他命令我。

我将枪口对准那两个慢慢走近的人影。那两个人影一前一后，枪口跟着他们缓缓移动。

"你到底丢了什么？"我听到一个男的在问。然后是一个女人的"嘘"声。

"他们说什么？"老军蛋问我。

"没听见。"我说。

"打死他们。"老头儿命令我。

"快打。"他用砖头敲我的后背。

"啪。"我按动扳机。

那两个人影站住，像在倾听。

"打中了吗？"他问我。

"中了。"我说。

"很好。"他乐坏了，一把将我推开，夺过猎枪，笑嘻嘻地钻进草丛。

我趴在墙壁后面，看到那两个人影继续向这里移动。在他们快要到达墙壁缺口的时候，我迅速隐藏到草丛深处。"望不到边的荒草，虽然有些杂乱，但仍然庞大得可怕。"多么惊人的句子。

我听见他们从缺口处翻过墙壁，走进草丛。

我听见一个问："这是什么地方？"

我听见另一个"嘘"了一声。

白塔

沉睡者的身体猛然往后仰去，被一个类似布袋的东西挡了一下，反弹回来。在他身后，一个女子发出刺耳的"哎呀"声。他被这"哎呀"惊醒，回头去看，发现女子屁股翘起，一颗大头正抵在汽车车头的玻璃上。车子停了。驾驶座的门开着，司机不见了。

沉睡者抬起头来，面对一车的乘客。他们都是一种表情：茫然又迷惑。车里的人真多，狭窄的过道也站满了。沉睡者还是幸运的，没有站着，屁股坐在发动机的大铁盖上。但坐在铁盖上的，不只有他一个。左边，是个老头儿，右边，也是个老头儿，两个老头儿的屁股都很硬，将他的屁股挤到铁盖的边缘。

坐在副驾驶上的那个乘客慢悠悠地点了一支烟，回头看了看车里的人，"哈——"他发出一声很尖的笑声。他坐在最前面，到底发生了什么，他自然最清楚了；好像是他导演的一场恶作剧。大头女子不顾头的疼痛，爬到驾驶席上去，脑袋伸出驾驶座的门，向外看。乘客门不知道什么时候打开了，但是车里的乘客一动也不动。

一个多小时以后，一个警察骑着摩托过来了，后面跟着一辆面包警车，车上下来几个人。那几个人拿着皮尺在车外量来量去，一个在本子上写着什么，还有一个在拍照，前后左右将车拍了个遍。最后，警察让车里的乘客全部下来。乘客只好都站到马路牙子上，站成一支不太整齐的队伍。大家都在打量这辆车，好像他们不是从这辆车上下来的。

这是一辆白色中巴，很破旧。车身上沾满厚厚的尘土，尤其车的尾部，简直像个刚刚在泥水里打过滚的猪屁股。这辆车还真的像一头受到惊吓的猪，歪歪地站在马路中间，一动不敢动。它的眼睛瞪得很大，无辜地看着围着它的人。它那突出的鼻子往前伸着，似乎要拱起那个躺在嘴巴下面的家伙。

他，那个坐在发动机铁盖上睡觉的人，站在马路边，看见几个人把躺在车底下的人抬走。只剩下那辆空车斜亘在马路中央，孤零零的。两边不断有各种汽车呼啸而过。那辆汽车就像一个幻影，在车流中忽隐忽现。

不一会儿，警察让司机将空车开走了。

只剩下这一堆乘客，站在马路牙子上。

他点着一支烟，朝四下看看。身边恰好有一个站牌，上面写着：白塔。

他盯着这个站牌看了很久，这个名字让他想起什么，或者他只是想记下这个站名。

　　一辆马车从身前嘚嘚走过去。马车上有一男一女。男的拉着缰绳，女的靠在男人肩上，有说有笑。他跟那个男的打了一个照面，觉得那男的长得和自己有点像。他这样想的时候，马车上的女孩回过头来，看了他一眼，旋即转过头，脑袋歪下靠在男的肩上，拍打着男人的胸脯，发出一阵笑声。那个男的没有回头，扬起鞭子，在空中打出一声爆响，马儿拉着马车跑远了。

　　这是什么季节，有这么大的风。大风扬起马路上的沙尘，吹迷他的眼睛。他的烟也被吹灭了。他将烟卷滤嘴咬烂，扔在地上，让风吹走。他跑到路边一个小店的门口躲避大风。太阳亮白亮白的，照得整个马路明晃晃，但是一点热度也没有。这还是上午，太阳一点一点、不慌不忙地向天正顶爬。他眯着眼看了一会儿，没有云彩，无法确定太阳是否移动。但太阳毫无疑问是移动的。他很不耐烦，又想抽烟。风还是很大，无法打火。

　　店里有一个女人，在用一根很粗的擀面杖擀饼。饼擀得并不大，但是很厚。他观察女人从揉面到擀饼的一连串动作，推测她一定很有力气。女人左边有一个蜂窝煤炉子，炉子上有一个平底的铸铁锅。平底锅的直径只比饼的直径大那么一点点。饼就是在这种锅里面烙出来的。女人右边是一个笸箩，笸箩被一块棉布遮盖着。他走过去，掀开棉布，几个烙好的饼子整整齐齐地摆在里面。

"多少钱?"他问她。

"一块钱。"她抬起头，咧开嘴笑笑。

"吃不了一个。"他说。

"可以切开，你要多少?"

"一半吧。"他说。

女人放下擀面杖，搓了搓手上的面，从笸箩里拿出一个饼子，放在案板上，操起一把菜刀，在那个饼子上切了一个"十"字。饼子被分成平均的四块。她拿起其中的两块递给他。他给她要了一个方便袋，把饼放在袋子里，手隔着袋子捏住饼子，吃了起来。原来还是发面油饼，有半个拇指那么厚；饼的两面都烤得很焦，里面很软，还分了好几层，一些葱花、花椒颗粒、椒盐点缀在各个夹层里，饼做得很劲道，很好吃。他很快吃完一块，将剩下的一块放回方便袋，提在手里。

他将手里的烟晃了晃，问那女人："有火吗?"女人将一个铁钩子伸到炉子下面，示意他稍等。

"风太大了。"他说着，将手里的打火机在女人眼前摇了摇。

女人示意他不要站在店外，他便走进去。他现在可以用打火机点烟了，但他没有。他看着那个伸在炉子下面的铁钩子，出了一会儿神。女人将铁钩子从炉子下面拿出来，举在他面前。铁钩子尖尖的顶端烧红了，活像宠物狗勃起的阴茎，从皮毛里吐出来。他将烟卷凑上去，伴随着"哧哧"的声音，冒出一阵烟气。女人

197

帮他点完烟，照旧在擀自己的饼子。他站在店门口，注意看马路牙子上的人。

　　说快也真快，太阳这就爬到天正顶了。他觉得自己离开集体太久，重新走到马路上去。至少两个小时过去，马路牙子上的乘客都有些不耐烦。大头女子在人群中走来走去，问这问那；那边几个农民打扮的老头子正不着边际地闲扯，他们倒一点也不着急；几个年轻人也都很沉得住气，有的托着腮蹲在地上，有的站着，翘首望着车来的方向。大家都在互相询问，互相假设，互相求证，用这种方式互相安慰。太阳又一点一点开始往下滑了。它往下滑要比往上爬显得快，像是有了加速度一样。这些人还在等。

　　他再次离开人群，跑回店里。

　　女人换成了男人。

　　男人很清瘦，脸上胡子拉碴，几乎占满整个脸颊，好像有好几个月没洗脸了，一副萎靡的样子。男人以为他要买饼，他便举了举手里剩下的半块饼。男人皱起眉头。他注意到男人额头上有不易察觉的一块瘀伤，被凌乱不堪的头发有意遮盖住了。

　　"这里是白塔？"他问。

　　"就是。"那男人的回答显得有气无力，也许他是懒得回答。

　　"不对啊，白塔应该还在前面。"

　　"这就是了。"

　　"地图上不是这样的。"

"这就是了。"那男人机械地回答他。

"是不是有两个白塔?"

"那不知道,反正这里就是了。"

"我说的白塔那里有座佛塔。"

"这里也有佛塔。"

"我说的佛塔有好几百年了。"

"这个塔是明朝的。"

"是吗?"这人有些兴奋,"是白塔吗?"

"白的,可白了;晚上都白得放光。"

"那你听说过塔里闹鬼的事情吗?"

男人一下子警惕起来,上下打量他好久,冷冷地问道:"你怎么会问这个?"

"我说的那个白塔里面经常闹鬼,我是去捉鬼的。"

"嘿——"

"你们这里若有鬼,我也可以捉。"那人半笑不笑,让人猜不透他是真的,还是开玩笑。不过不管是玩笑,还是认真,男人对他的话没有表示一点兴趣,但也没有厌恶或者不耐烦。他的头老是低着,似乎怎么也抬不起来,但是眼睛却使劲往人身上看。这种看人的方法很隐蔽,不注意还以为他并没有看你,实际上已经将你琢磨个七八分。他问这个磨蹭着不走的人:"你是那车上的?"那人点点头。

"你们怎么还不走？"

"没人让走。"他说。

"谁管你们？"

"随便谁，公安局啊，还是交通局啊，汽车站啊，至少得有人来打个招呼啊，总得有个说法嘛。"

男人发出冷冷的笑声。"不会有人管你们啦！"他弯腰抬起平底锅，看看炉子的火是否还旺，操起地上的铁钩子，钩了钩炉膛，钩出一些灰白色的炉灰。

"他们不能不管我们。我们买了票。"

"真稀罕，买了票就了不起啊！"男人很鄙夷这人的天真，突然把火钩子扔到墙角里，抄起擀面杖，在案板上狠狠敲打起来。客人觉察到他不太正常，就准备离开，刚抬脚出门，又被男人叫住了。

"你真的要等？"

"不然，车票岂不白买了？"

他起身搬了一个小马扎。客人以为是请他坐的，但是男人还是将小马扎垫在屁股下面。"那你不住旅馆吗？"他双臂抱胸，边问边吹蜂窝煤炉子上堆积的煤灰。"今天不可能等到了，你看这天。"

"看来我要住下了。这里有住处吗？"客人看看天，面无表情。没跟他打个招呼，天就无声息地黑了个严实。

"我倒是能介绍你一个，价格好商量呢。"

"能凑合一晚上就行。"

"那还有错？"他还是那副不肯正面看人的猥琐样儿。这让客人偶感不快。

"你怎么称呼？"客人问男人。

"我姓张。"

"老张，那女人是你老婆？"客人提起手里没吃完的饼，晃了晃。

"我老婆。"

"老张，你老婆挺好看。"

男人不知道该对这句话做出怎样的反应。似乎夸自己老婆好，是危险的。可是危险在哪里呢？他又拾起火钳子，敲打起地面。客人见这人听了这话竟然不像刚才那么凶巴，心里有些猜疑便有些落实了。

"老张，今晚我能住你家么？"他继续问。

"最好还是找个旅馆住。"男人的声音很虚弱了。

"你老婆烙的饼很好吃。"

"嗯啊。"

"你平时在店里吗？"

"我有我的事。"

"你做什么的？"

男人没有回答，只是继续用尖尖的火钳敲打地面。

"有热水吗？我有点渴。"

"要收钱的。"

"收什么钱？不就喝一口水吗？"

"那不行，水也有水钱。"

"要是你老婆在，保准不要钱。"

"你想怎样？"男人丢下火钩子，站了起来。他很瘦小，站起来也没有客人高大，而且骨架也窄，倒显得客人比他还有压迫感。他的眼睛无力地在客人的脸上盯了一会儿，最终还是弯下麻秆一样细的腰，封上蜂窝煤炉子，提着擀面杖出来，锁上门，带着客人进村了。这个时候天竟完全黑了下来。客人看了看马路上，那些人还在等。他们也会住旅馆吧。他想。

"哎，我们明天见——"他朝那群人大声喊道，但是没人理他。

"干嘛拿着棍子？"客人不解地问男人。

"这是擀面杖。"

"防身吗？"

男人走在前面，不理客人。在村里七扭八拐，到一个院子门口。开门的果然是男人的老婆。

"来了。"女人说，仿佛已经知道他要来似的。

"来了。"客人说。

"我把他带来了。"男人将擀面杖交给老婆，转身回去。

"好好看店。"老婆扳着门框嘱咐男人。男人转过身来，悄声对女人说："他刚才问起白塔……"

院子很大。五间大房，都涂着白浆。两间西屋，大门和西屋相连为一体，都是红砖墙。靠东院墙有一排鸡舍，用塑料网圈起来。南边没有墙，能够看到街上；只有一个猪圈隔着。院子里栽了许多树，椿树、杨树、槐树，都是乡下常见的树木。主妇正在院子里忙活。从压水井里汲满水，倒进正屋屋檐下的水缸里；那边炉子上的热水烧开了，她放下水桶，从鸡舍旁拾起一个木盆，走进一间屋子，不一会儿又端着木盆出来，里面盛满打碎的草料细沫，走到炉子边，提起那壶开水，倒进木盆里。她用一根木棒搅拌好木盆里的草料，重新放到鸡舍边上。鸡舍里的鸡一拥而上，从塑料网里探出脑袋，啄食草料。她又从水缸里舀了一瓢冷水倒在木盆旁的瓦罐里。最先啄食草料的鸡烫坏了嘴，只好将尖尖的嘴伸到水罐里去降温。主妇并没有急着招呼客人，只是在院子里来来回回，企图将一切收拾停当。有时她会停下来，直起腰，擦擦额头，或者在围裙上擦擦手。等她将猪食也弄好，又去洗衣服了。

客人打算先洗洗脸。他走到压水井旁边，双手伸向出水口。主妇压了一下，清冽的水就流到客人的手中。他很快将那一捧凉水捂到自己脸上，那些水顺着他的手臂流淌，滴在裤子上和鞋子上。他不管这些，只是一遍一遍地洗着，抬头看一看压水的主妇，说一声："真舒服。"自己就笑了。主妇给他找来毛巾，他擦完脸，站在旁边看主妇洗衣服。

"你要看白塔?"

"有吗?"

"有的，但是不让看。"

"为什么?"

"里面有鬼。"

"怎么会有鬼?"

"都这么说。"

"你去过吗?"客人问。

"去过呀。"

"见到鬼了吗?"

"哪里有鬼。"

"这不就对了吗，带我去。"

"你真会捉鬼?"

"那还有假。"还是那副一半嬉皮笑脸，一半又一本正经的样子。

"那你见过鬼吗?"

"鬼都怕我，哪敢露面啊。"

"那好，你先去睡一觉，一会儿叫醒你去看。"

"现在不能看么？"

"现在去碰不上鬼啊。"主妇嫣然一笑，让人心神一荡。客人感到奇怪，起先在烧饼店的时候怎么没发现这一点呢？

客人被主妇领到西厢房。里面除了有一张床之外，主要放了许多粮食。进门的时候，突然停电了，主妇从抽屉里拿出一截小蜡头，点着，将一只茶碗反扣在桌子上，滴一些蜡烛油在茶碗的碗底，将蜡烛头粘在上面。客人躺在床上，眯缝起眼睛，看着蜡烛头跳跃的烛火，不一会儿就睡着了。

他觉得自己眼皮很沉重，无论如何都睁不开；而这时候恰恰有人在叫他，还用手来回推他的身体。他很烦恼，抬起一只手来去驱赶那只推他的手。他感觉那只手像一只讨厌的蚊子，总是在耳边嗡嗡嗡，嗡嗡嗡，就是赶不走。他太疲劳了，懒得理那只不让他睡觉的手。他开始做梦，全是梦见手。墙壁上长出手，地上钻出手，空气中飘着手。就连这张床也伸出两条胳膊来抱住他，将他越抱越紧。有的手在摸他的脖子，有的手在掀他的两瓣嘴皮。他还听到那些手在叽叽喳喳地说话。它们说一定要掀开他的嘴，才能将东西放进去，不然，他就看不见白塔。它们又说眼皮睁不开放进再多那玩意也没用。它们又想办法将他的眼皮掰开。可是他的眼皮太沉了。不但那些手这么说，连他自己也觉得眼皮就像两道死锁的门，怎么撬也撬不开。他又想自己是这道门的主人，应该是有钥匙的。他于是伸手去摸自己的裤带，钥匙应该别在裤带上。他摸了半天，裤带上光光的，什么也没有。他很灰心，觉得这眼皮是无论如何也睁不开了。那些手们对这双眼皮也是一点办法都没有，它们只好去干别的。他觉得自己的裤带开了，有一只手隔着内裤摸他的下身。下身"嗖"的一下就站起来。他猛然睁开眼睛。他听见那些手发出笑声，说原来钥匙在这里。他坐起来，驱赶走那些在他两腿间忙活的手，重新将裤带系上。这时，桌子上的蜡烛头突然倾斜，大滴大滴的蜡烛油都滴在桌子上。这是怎么回事？原来是一些手将那反扣着的茶碗掀开了。从里面走出一个小人儿。那些手捧起那个小人儿，放在客人的大腿上。小人儿突然变大了，竟是一个漂亮的女孩。女孩对他笑个不停。他有些喜欢，但又觉得这个女孩面熟，不知道在哪里见过。

"你怎么来了？"他问女孩。"我偷偷跑出来的。"女孩只是扳住他的脖子咯咯地笑。"你爹娘不知道吗？""我给他们下了安眠药。""你家的狗儿猫儿的也没看见吗？""我给它们蒙上了眼睛。""马儿驴儿呢？""我给它们添了夜草。""猪儿羊儿呢？""我把它们放到山坡上去了。""鸡儿鹅儿呢？""我把它们的脖子拧断了。""那，你家的门神也看见了。""我把它们的眼珠子都用墨汁涂掉了。""你真有办法。咱们什么时候走？""别急嘛。"女孩笑嘻嘻地去解他的衣扣。女孩咯咯笑着，他也不阻拦。他把女孩平放在床上。那些在空中飘着的手一起帮忙，将女孩和自己脱了个干净。两人在床上翻滚了几下。女孩说："走吧，再晚就看不成了。"

那些手儿帮他们穿好衣裳，从后窗里爬了出去。

"我们去看什么？"

"白塔啊。"

"为什么要去看白塔？"

"不是你要去看的么？"

"可我现在不想看了。"

"那你想看什么？"

"想看你。"他又将手伸到女孩的胸上。那些手没有跟来。

"我也是鬼呢。"女孩挡住他的手，突然面孔放出光彩，高兴地跳了起来，'快看，快看。"

"什么？"他的眼前一片白茫茫，什么也看不清。

"白塔，白塔。"女孩兴奋极了。可是他却什么也看不到，四周都是白茫茫，根本没有什么白塔。他很着急，摇着女孩的手，一遍遍地问："在哪里，在哪里？"女孩生气了，扔掉他的手："你连眼睛都没睁开，还问在哪里在哪里；这怎么能看得着啊。"他这才意识到自己一直闭着眼睛，于是拼命睁眼，可是那双眼皮就是死沉死沉，怎么也睁不开了。他禁不住用手抠自己的眼。

"啊——"他大叫一声，从床上坐起来。他看了看那只小蜡烛头还在不紧不慢地烧着，这才回过神来，原来只是一个梦。这时门开了，主妇从外面进来。"啪"的一声，按亮了电灯。"来电了。"她说，"我听见你喊，就进来了。你的眼睛怎么了？"主妇很关切地问他。主妇不慌不忙地吹灭了蜡烛头，从桌子上拿起一块镜子，给他照。他的眼皮被他抠出血来。主妇出去，带回来一瓶紫色的药水，给他涂上。

"几点了。"

"刚到十二点。"

"你丈夫回来了吗？"

"他不回来；在公路上看店。你怎么了？"

"只是做个梦。"

"是不是太累了。你饿吗？要不要弄点吃的。"主妇一直站在床边，屋子里没有坐处。

"我不饿，你坐吧，有水喝吗？"

"等等。"女人走出去，不一会儿，提着一个暖水瓶进来，另一只手里提了茶壶和一只茶碗。她给客人沏了一杯茶，在桌子靠近客人的那边推了推。客人端起茶，一口喝下去。他见女人一直站着，就在床上移动了一下，示意女人坐下。女人坐在了床尾。

"是噩梦吧？"主妇问客人。

"也不算噩梦。"

"没事，听别人说梦都是反的。"主妇安慰客人，将那蜡烛头从反扣的茶杯上弄下来，从茶壶里倒一些水在茶碗里，晃了晃，将茶碗里的水泼在地上，然后倒满。

"还去看白塔吗？"

"去看，去看。"客人很急切。

"刚做了噩梦，你就不怕——"

"没事没事，我不说了嘛，我是捉鬼出身。"他想再摆出一副半嬉皮笑脸半一本正经的样子，脸皮却不够听话。笑的时候有些惨，不笑呢又过于严肃，倒显得紧张了几分。

"那走吧。"主妇从末尾站起来，"外边冷，多穿些衣服。"

"远吗？"客人问道。

主妇没有回答，和客人一起走到院子里。主妇让客人等一会儿，她走进自己的屋子。客人一个人站在院子里，感到一阵黑暗的冷气。他看见主妇的屋子里灯亮了，一个巨大的人影在窗子后面的窗帘上晃动。他一下子感到这一切都很陌生。他不愿意站在那里一动不动。他移动了一下脚步，走到一棵椿树下面，用手去抚摸。椿树的树皮虽然有一些斑点，但算是比较滑的，唯一不好的地方在于有时会从树皮里面流出脓汁一样的东西，发出一种酸气，而且很黏，像胶水。他的手上果真触碰到那种脓汁，又凉又腻，他慌忙往自己的裤子上抹，觉得不妥，伸出手掌在树皮上蹭起来。他又走到鸡圈旁边，鸡都睡觉了；它们挤在一起，在鸡圈的一个角落里，不仔细看，什么也看不清。他用树枝穿过塑料网去抽打它们，它们也仅仅是咕咕叫两声，一动都不动。他又走到猪圈旁边，跳到猪圈里，去踢那头老母猪，老母猪连哼哼都懒得哼哼，对他不屑一顾。他从猪圈里出来，发现主妇还没从屋里出来，窗子上的影子还在晃。他又走到压水井边，压了一下，压水井发出一声刺耳的尖叫，这让他始料不及，吓了一大跳，可以说是一下子就蹦开了。他又走到大水缸旁边，揭开水缸的木盖，里面的水是满的。在夜光中，那一汪水异常清澈明亮，仿佛镜子一般，照出他黑乎乎的身影。他把刚才不小心弄脏的手伸进水缸，镜子立刻破碎了，一股钻心的冰凉从指尖直达心肺，他急忙将手抽了出来。水缸的旁边，正是主妇屋子的木门。他向木门靠近了一步。这时，里面的灯灭了。主妇打开木门，从里面走出来。走出来的主妇显得异常臃肿，好像穿上棉袄一般。"外面冷，所以多穿了些衣服。"主妇说着，带上门。走出院子，来到大街上的时候，客人才注意到主妇的手里正提着一根木棍。"擀面杖。"主妇说。

"远吗？"客人问。

"走走看吧。"

"这话有意思。"客人大声说，好像跟自己提气。

"小声点，有狗。"主妇的话刚说完，村里的狗果然都叫起来。刚走出胡同，突然有个东西窜将上来，迎面爬上客人的肩膀。主妇抡起擀面杖，打过去，那个黑东西呜了一声，跑了。"我说吧，有狗。"主妇说。客人吓得不轻，小心翼翼走在主妇后面，警惕地看着四周。然而四周安静下来，再也没有狗叫了……

"就当是去河边挖野菜。我们隔着河看看就算了。"主妇小声说。

"深更半夜挖野菜，也很新鲜。"客人的调门很高，稍稍有些颤音。

"咋啦？"

"没事，绊了一脚。"

"看路。"

"好。"

"又咋了？"

"脚脖子好像崴了。"

"快走吧。"主妇有些不耐烦。

"很疼。"

"棍子敲两下就不疼了吧。"主妇低头看蹲在地上的客人。客人也抬头，看见她居然真的举起那根擀面杖；而在她背后，突然闪出一轮明月。客人被这一幕惊呆了，不知道他是害怕主妇真的会给他一棍子，还是被那突然出现的月光迷住，他腾地站起来，和主妇继续前进。然而月光又突兀地消失了。

……

主妇和客人回来的时候，客人看上去累坏了，哈欠连连。主妇劝他早早休息。客人一边答应，一边往西厢房走，突然回头看看主妇。她站在院子里，并没有进正屋，似乎还有什么事情没有做完。客人有些担心。刚才走了那么多路，他确实累坏了，真想倒头就睡。但主妇好像又要出去，这不关他的事，他也实在不想在半夜里陪她瞎跑了。可现在都已经后半夜，主妇的样子还是隐隐让他感到不安。他倒不担心主妇怎样怎样，他开始担心自己。前所未有的恐惧感突然从心底跳出来。不过到底有什么恐惧的呢？他暂时弄不清楚。

半躺在床上，一时不敢关灯。看了看桌子上那半截烧剩下的蜡烛头，不禁又想起刚才做的梦来。他以为是旅途劳累，才会做这种艳梦。但是那个女孩的面容却清晰地在脑海里晃，下面又悄悄直立起来。没想到意淫这么可怕，他摸了下面一把，很有些感觉，于是连续摸了一阵，终于泄出火来，然后就开始迷糊了。

门又开了。客人很警觉，但只是眯着眼，佯装睡着，看见主妇进来。她和刚才出去时是一样的装束，穿得厚厚的，手里还是提着那根擀面杖。客人的心一下子提到嗓子眼，但不敢骚动。主妇并没有走到床前，只是在门后将屋子的灯拉灭，重新将门带好。客人听见院门开启和关闭的声音。

客人立刻起来，没有开灯，黑暗中穿好衣服，走出院门。黑漆漆的大街上什么都没有，主妇的身影早已不知道消失在哪里。客人疑惑着，不敢返回自己的房间。他凭着直觉，朝公路的方向走。估计很快就天亮了，即使天气很冷，随便找个背风的地方躲一躲，估计也冻不死人。他这样想定，就不顾一切地朝公路的方向奔来。虽然摔了几个跟头，好在方向不错，公路找到了。他正要在墙角里找个背风的地方，却愕然发现烧饼铺子里的灯还亮着。

好奇心鼓励他去看个究竟。铝合金的卷帘门拉到一半，昏黄的电灯光从那一小块敞开的地方泄露出来。不过因为店门有着高高的台阶，所以通过那一块敞开的空间还是可以轻易能看到里面。客人快要走近时，哐当一声，卷帘门突然从里面拉死了。客人靠近卷帘门，不用刻意趴在上面听，里面就已经传出来很大的动静。男人鬼哭狼嚎似的叫声。棍子抽打在骨头上的声音。还有女人的哭叫。女人一边奋力打，一边哭，嘴里发出不清晰的几个词："我就知道——我就知道——叫你——死去——算了——"这种混杂的声音持续很久。客人听得肝胆欲裂，不敢停留，跑到马路对面一个背风的墙角蹲下了。又过了一会儿，卷帘门打开，一个人从里面走出来，手里提着一根长长的东西，大踏步往村子里跑去。

客人不敢再尾随那个人，他缩在背风的屋角，感觉骨头都快要冻裂。他想无论如何不能睡着，一定要睁眼等到天亮。天也许很快就亮了，汽车站会派一辆最早发的车来接他。他不过是个旅行者，应该没有人会无故阻止他的旅行；而已经发生的所有事情，也都和他无关。他舔舔嘴唇，嘴唇像抹了一层冰激凌，有点甜，但更冰冷一些。

那些和他一块等车的人都去哪里了呢？他现在感到脱离集体的孤单和无助。不过，等到太阳再次升起时，在这条明晃晃的大马路上，他们一定还会出现的。他们不也都买了车票吗？他们绝不会因为隔一天就不再等。可是现在，他们都在哪里呢？

公路上突然有车灯闪烁，伴随着发动机的轰鸣。汽车的动静在后半夜竟是这么巨大吗？他从背风的屋角冲向公路，还没来得及摆手，那辆汽车在他身边戛然而止。

"请问你是汽车站派来的吗？"他大声问司机，声音颤抖得厉害，几乎说不成话。

"你他娘的说什么？"

"我说你是来接我的吗？"

"老子正是来接你的。"

"太棒了；怎么才来，我都要冻死了。"

"在路边店被他娘的小娘们缠住了，好歹住他娘的一夜，起个大早往这里赶。听说这里昨天发生一场他娘的车祸？"

"是啊。"

"听说车子翻了个底朝天？"

"没有的事。我们都在等救援呢。"

"你是那车上的？"

"是啊。"

那个司机在车里盯着他，龇着牙，摸了一会儿下巴。

旅行者站在车门口，不住地往双手上哈气，然后搓脸。

"还不赶紧上来。"司机说。

"怎么，你他娘的在路边站了一夜？"司机又说。

　　"他娘的，什么破地方？"司机见他不回答，狠捶着方向盘，自言自语。

　　"白塔。"他说。

　　"什么？"

　　"白塔，老兄。"

　　"再说一遍。"

　　"白塔。"

　　"娘的，什么破地方。"

袭击小说

一、诗人袭击小说家

"我观察你很久了。"他说。

"你发现了什么?"我试探性地问。

"你是一个孤独者,至少你像一个孤独者那样在这里伫立。"他倒是一本正经,不过让我感到有些滑稽,于是装作感兴趣的样子反问道:"是吗?"但他并没有觉察到我的嘲笑,而是说:"你不妨让我猜一下你的职业。""那你猜猜看。"我开始对他产生兴趣。

"你是诗人。"

——不错,我就是那个诗人,那个有名的蒙面杀手。我在街上给女孩朗诵我的诗歌,我用纱布蒙上她们的眼睛,带她们去用脚走不到的地方,榨干她们身体内青春的汁液,将她们美好的皮肤制作成标本,就像你书页间轻轻滑落的那只蝴蝶一样——

但我怎么能将这些公布于世?我只能报以一阵冷笑,称赞他:"你还真猜对了,简直像个小说家。""不错,我正是一个小说家。"

他似乎跟我有同样的兴奋。

"你写小说？武侠小说吗？""不。""那么爱情小说？""不。""那是侦探小说？""还是不。""那你该不会写黄色小说吧？"我取笑他。"都不对。"他很严肃地摇摇头，说："我写袭击小说。"

"袭击小说？一定很过瘾吧，头破血流、皮开肉绽的那种？"我表示出我的兴奋，"我太爱看打打杀杀的小说了，一开始就打，到结束的时候还是打，从头打到尾，但就是不知道为什么打，打什么，谁和谁打。这样的小说我太爱看了。"

"我的袭击小说一开始不打，到结束的时候也不打。"

"中间打？"

"中间也不打，永远不打。打死也不打。"

"那你袭击什么？"我不理解他。

"袭击灵魂，袭击别人的灵魂，别人也袭击你的灵魂；灵魂与灵魂的搏斗，而肉体是静止的。"

"那你还是武侠小说，古龙那样的；我看过，人打人完全不凭招式，而靠内力，就是你说的灵魂吧。灵魂就是内力，保准没错。"

"灵魂就是内力？"他忽然变得焦虑起来，嘴里发出"咝咝"的声音，像在倒抽凉气，"你说得也许有道理，可是不管怎么说，我的小说是很棒的，你不如拿一本去看。"

"好啊，"我眼睛放亮，有人给东西我总是会眼睛放亮，"拿来啊。"他从胳膊底下拿出一本，指给我书的价格，说："你看，二十块钱的书，我可以十八块卖给你。"我没料到他有这一手，不禁有些恼怒，破口大骂起来："你妈的，你看我是花钱看书的人吗?!"在我已经举起拳头的时候，他十分委屈地说："你可以不买书，但不要骂人嘛，亏你还是个诗人。"

结果当然是诗人袭击了小说家，并且得到那本袭击小说。

二、老年批评家的艳遇

当我看到这个小说题目的时候，一下子就对它轻蔑起来。

它让我想起了卡尔维诺在《如果在冬夜，一个旅人》里的一个故事，说大阪有家公司已掌握了西拉·弗兰奈里小说的格式，能够制造出他的第一流小说并使之充斥世界市场。把它们再翻译成英文（说得确切些，把它们翻译成假冒的英文原著），任何评论家都不能把他们与弗兰奈里的原作区别开来。也许我现在看到的这篇《袭击浴室》还没有达到那家大阪公司的制造水平，它还停留在一个较低的模仿层次上。他只是对村上春树的《袭击面包店》有一种奇怪的剽窃心理，以为根据这个模式就可以为所欲为地表达出自己想要表达的东西。在看到这个作品之前，我还阅读过该作者其他作品，比如《袭击理发店》《袭击面包店》《袭击书店》《袭击直播室》等等。

我了解作者是什么样的人。他热衷幻想，热衷在睡梦中创造小说，热衷在小说还没有到达纸面形态的时候向朋友们讲述小说的未来形态。常常在电话里，在面对面喝酒的时候，在他决定为小说奋斗终生的时候，他会说诸如此类的话："我觉得我总是很忙，没有时间写作，不过我每天都在考虑该写什么，已有许多东西要写；我想，只要我动笔写，就会有所提高。我准备写一篇《有尊严的乞丐》，我准备写《理发店的故事》，我准备写《哑》，我准备写《游戏人生》，我准备写《真正的网络文学》，这些都是小说，是我近期观察和思考的结果。你知道我还没有写一个字，不过，你会相信，我一旦写出来，那些东西将更有味道，更有收藏价值和批评价值。"他说这些话的时候，一只手常常无比紧张地绷直，五根细长的手指彼此夹紧，而在中指和食指之间，那只过滤嘴香烟颤颤巍巍。《袭击浴室》，难道作者要对每一个水龙头冲刷下的裸体男女（像村上春树的《袭击面包店》那样）发问吗？然后裸体的男女们再向他发问，在这一系列的讨价还价中，作者要让主人公在浴室中得到什么呢？当我困意袭来的时候，忽然冒出的两个问题激励了我阅读的欲望。欲望，很好的词，究竟是什么欲望呢？你希望小说中应该有怎么样的有关裸体的描写呢？你是否在猜测主人公的性别与浴室的性别？你是否希望主人公的性别与浴室的性别产生交叉或者错位？交叉和错位，很好的词，文学评论中经常使用的词，代表等于什么都没说的含糊。

"你是不是没有看我的小说？"他忽然变得焦虑起来，那一套习惯性表示焦虑的动作又使了出来：跺脚、握拳、舌头顶住上颚，嘴里发出"咝咝"的声音，"你一定要看，一定。你知道，我已经好久不写东西了，现在重新拾起笔来，感觉真是钝极了，很多东西根本写不下去，这与我的打字速度真他妈的不磨合，当我抚摸着键盘时，脑袋却空空如也，感觉就像一头驴子被马达带得飞跑，跟不上节奏。我只有喝酒，喝酒，他妈的，在酒精的作用下我才可以写下这个《袭击浴室》。它跟我以前的东西很不一样，和村上春树的也不一样。……什么时候我们能真正地摆脱焦虑，平静地呼吸，平静地思考，平静地吃喝嫖赌，还有，平静地忍受焦虑呢？焦虑难道不是人类最大的恶习吗？你喜欢批评，然而你的批评太没力量，太柔软，有点像娘们儿骂街。你的批评只是一种焦虑而已……"

正当有一天我鼓足勇气要看他小说的时候，我却失明了。

医生说我是大蒜吃得过多的缘故，大蒜破坏了我的视网膜，也破坏了我的文学批评。我再也不能感受光芒，感受这个到处充满女人光芒的世界。我决定孤立自己，我要努力适应这个黑暗的坚硬世界。我告别显示器，但更加亲近键盘；我告别物质的影像，但更加亲近它们的存在；我告别女人的身体，但更加亲近女人。我的黑暗是雄性的黑暗，我的黑暗是只有光明没有阴影的黑暗。我孤立自己，表示一切都由自己做主，吃饭、睡觉、穿衣、行走、约会都是自己来做，当然，还有自己上厕所，自己去公共浴室。

为自己冲一杯麦斯威尔的咖啡。咖啡是从超市一楼第 13 个货架左边起 3 步中间那层拿下来的；超市需要步行 5 分 30 秒，出门左拐两次右拐一次，在第二次左拐后 23 步从盲道上偏移，躲开那里的一根电线杆，然后返回到盲道，再走 7 步，警惕高出地面约 10 公分的下水道口，届时可以抬高右脚，从上面踩过去；但我从不采取这个方案：你永远不要相信马路上的任何井盖。下水道，地上与地下连接的通道，光明与黑暗分离的节点，梦幻与现实的无情闸口，但是对我而言，已经没有任何意义。地上的行走与地下的行走都可以称作行走，不同的是要不断地探出前脚，或者上，或者下，或者腾空飞翔；或者让拐杖作为前进的唯一支撑，你愿意飞就飞，就像撑船一样。警察不会管你，别人不会阻碍你，姑娘不会影响你。但姑娘也许会影响你，因为姑娘总是会好奇。你在以自己的方式行走，然而她以为你在表演杂技。她停下来观看，这时候就看你的啦。好啦，终于回到了咖啡。再为姑娘冲一杯咖啡。姑娘说我不要伴侣。你当然知道她说的是咖啡伴侣。很好，我的咖啡恰好没有伴侣。

把姑娘带回家，并且为她冲一杯没有伴侣的咖啡。我们准备谈点什么。

"谈点什么?"我问。

"谈我刚才读到的一本书吧。"她说，她的声音是一串轻易折断的梧桐花，有喇叭花的造型，粉白浅紫的颜色和清雅易逝的芬芳，还有 14 摄氏度的微凉以及开启不可知时间的神秘感应。

"那是什么书？"我问。

"一个年轻作家的小说。"声音有喇叭花的造型。

"有意思。"我说，"他们究竟对什么感兴趣？"

"他们似乎热衷交谈，或者说对话。"14 摄氏度的微凉。

"对话？像我们这样的对话吗？"我问，"那他们的结论是什么呢？"

"年轻作家说对话是他最费周折的地方。"姑娘声音的温度骤然提高到 30 摄氏度，芬芳馥郁，暗香浮动，"你知道那样叙述有多么痛苦和困难。作家本人不想掺和进去，可是想这样做真的很难。于是他暂时找到一个不是方法的方法——瞎写，或者叫胡说。他起初想以对话的形式来写，发现那是跟自己出难题。他打算写三个人的对话，在对话中交代出一切，讲完一个故事，最后他发现那是一件无比恐怖的事情。他觉得自己还没有力量来驾驭这件事情。他还提到海明威，提到他的《白象似的群山》。"

"对话对海明威来说是轻易的，但对别人来讲是一种折磨；作家在这个方面总是不能自信，不够勇敢，鲁迅就不肯让对话长一些再长一些，他总不肯啰唆，所以他总那么古怪。世界上只有两种对话是好的：一种是人们是怎么说的你就让他们怎么说，就像咱们现在正在说的；还有一种是不论人们是怎么说的，你想让他们怎么说就怎么说。"说起这些东西，我总是显出轻松自如的语气。

"我对你的兴趣只是你行走的怪异方式，我想我们还是不要谈谈不拢的话题吧。"她不同意我的意见，或者不服气我说话的那种语气，声音里有不规则的起伏。

"你不想与我争论吗？你不认为真理越辩越明吗？"

"我讨厌无谓的争论，争论对于真理没有任何有益的地方，争论只是无聊者的自说自话，在反驳别人的时候实际上听不见对方的声音而只是像一个手淫者那样徒劳满足自己。真正的争论应当是互相都有感应，而这种感应是不存在的，真正的争论也不存在。而真理的存在不依附于争论，真理的显现就在阅读的展开之中，就在你想要表达真理而最终发现真理无法表达的一瞬间。你想与我争论，只能加深我对你的蔑视；你不谈论你奇怪的行走正如我不争论真理的显现。你难以摆脱争论正如你难以摆脱自渎，你羞于揭示真理的显现正如羞于触摸我身体的裸露；你难以直接表达欲望，而我却难以容忍你难以直接表达欲望。"

"你能否告诉我这篇小说的题目？"我以面无表情的姿态抵抗内心最后的挣扎。

"《袭击浴室》，模仿爱好者的另一篇'伪作'。"

"你从'伪作'中隽到了什么？"我以面无表情的姿态抵抗双手别有用心的舞蹈。

"'伪作'逼迫真理以它所应是的形式显现，而不是以它所是的形式隐身。身体逼迫欲望以它所应是的形式显现，而不是以它所是的形式偷偷摸摸，将它在黑暗中的淫欲欲盖弥彰。"

下午的阳光投射到我的黑暗中，使我的整个黑暗折射出通体透明的黑光。

"啊，我听到了好的对话，那就是我们之间的对话。如果这个年轻作家就坐在我们身边，他会怎样的惊奇？"

春天的空气使我的皮肤开始发痒；我决定到公共浴室去。

三、无畏青年与浴室管理员

我对浴室观察了很久。那是一个二层小楼，一层是男浴室，二层是女浴室。浴室每天都开门营业，从正午十二点开始，到下午五点结束，这只是它的一个工作时间表，它实际上可以持续营业到晚上八点。光临这里的顾客大多是一些年老体衰者或者倒霉蛋，也有一些年轻学生和另一些与我类似的无业青年。这些人光临的时间段分布我也一清二楚，老年人总是选择十二点到五点这个正常时间段，这时候正好是上班时间，来浴室的人极少，可以不必匆忙，不必为争抢水龙头而犯难，可以洗得缓慢而从容，适合他们的节奏；而年轻的学生、焦躁的倒霉蛋们则在下午五点左右才来，断断续续，一直拖拉到晚上八点。浴室一个很小的铁门开向大街；大街很窄，天天有集市，过往行人非常密集，基本没有通畅的时候，这对我的行动而言，很难说是有利还是不利。

一切都还很难说，一切都还没有决定，一切都还不知道该怎样发生。

但一切总不会不发生。

小说家是一群有贼心没贼胆的人，可他们也有一些奇怪的想法让你感到刺激有趣。如果能和小说家交朋友，就可以去做更加惊天动地的事情。我之所以要观察这间浴室，就是要循着小说所指定的地点，寻找那个曾向我兜售小说的小说家。我决定和他交朋友。

那本小说是这样描述整个事情的。一个青年人，为了写一部有关浴室的小说，决定从半年不洗澡开始体验生活。半年之后，他蓬头垢面，手持菜刀，到浴室去。他对浴室管理员说明他要洗澡的目的，管理员认为他必须买票，但他觉得没有必要，并提出一个建议：提问管理员几个有关音乐的问题让他回答，如果管理员有一个问题回答不对，这个青年就可以领取一张澡票。管理员认为这样做有失公平而且霸道，坚持自己设计问题让青年回答。管理员设计了一些有关烧锅炉的一系列技术问题，结果青年一个也没有回答上来，但最后管理员还是让他进去了。小说没有具体交代管理员是基于怎样的心态放行，是对菜刀的恐惧，还是对青年蓬头垢面的怜悯？不过据我的经验，怜悯是不可能的，而菜刀是没有什么不可能的。所以，我也带了一把有个性的菜刀。

"你是来袭击浴室的?"管理员问我。

"你知道了。"我很不知所措。

"这本小说的作者知道你会来。"他拿起一本《袭击浴室》,在我眼前晃了晃。

"他在哪里?"

"你不能见他,并且在你还没有真正袭击浴室之前,你永远也不可能找到他。"

"也就是说,我必须袭击这间浴室。"

"确切地说,你必须先袭击我。"

"那么,按照小说的规则,我们俩谁先提问?"我问。

"谁先提问都不重要,重要的是让我看见你的那把刀,而且,你不能张扬你的刀,那样对我是明目张胆的威胁,我不喜欢有人威胁,但你可以暗示,比如你可以装作不经意地让我发现你身上有刀;你带刀了吗?"

"带了。"

"你的回答是错误的,你应该避免回答我这个问题,而将话题叉开,找机会让我发现你身上有刀。"

"我该怎样让你发现呢?它在我的背包里。"

"你为什么不插在腰里呢?那样你只需不经意地掀起衣襟我就可以看见刀柄了。"

"我可以打开背包让你看。"

"这不是小说的规定动作，而且，你在我面前打开背包是不符合生活真实的；你知道，我这里没有搜身的权利。"

"我自愿打开背包。"

"那也不可以，我的灵魂不允许窥探别人的隐私。"

"那你说我该怎么办？"

"这是你的事情，我不能帮你出主意让我为难；不过，如果在非正常情况下你不能达到你的目的，你就该想别的办法了，比如——我这仅仅是提示，仅供参考——你可以思考一下，正常情况下，一个人该如何顺利进入浴室呢？"

我认真地想了一会儿，然后回头到售票的窗口，买了一张澡票。为了达到我的目的，我想我是可以不择手段的。

我将澡票交给管理员，他略带嘲讽地向我微笑，说："下一步，你可以选择袭击男浴室或者女浴室。"

"小说中没有这一情节啊，我记得小说中的青年进了男浴室。"

"你确定？"管理员象在提醒你的错误，更像动摇你对自我的信任，"你能够在小说中找到'男浴室'这个词组吗？"他继续提醒或者迷惑，然后不等我的回答，接着说下去，"你只可以进入'浴室'，而不可以进入'男浴室'或者'女浴室'；换句话说，你只可以进入普遍的'浴室'或者理念的'浴室'，而不可以进入真实的——无论男浴室还是女浴室——'浴室'；你可以进所有的'浴室'，但不可以进具体的哪一间浴室。"

"你其实就是想看看我带的那把刀，是吧？"我压抑住袭击的暴躁，向他最后一次提问。

我想我走进一个圈套。

我收起我的刀，先往楼上二层奔去，那里是女浴室；过了一会儿，我返回一层，走进男浴室。

不论男浴室还是女浴室，都一样，除了哗哗的水声，除了湿漉漉的四壁和不断弥漫不断冷却的蒸汽，连一个鬼的影子也没有找到。

四、袭击小说家的真理

那天晚上你们决定做爱，你们为保证这次做爱的成功和完美做了精心的准备。你推掉一整天的读书与创作计划，推掉所有的工作约会和私人密谈，关闭所有的通信工具，尽最大可能让自己处在那种暂时消失的状态。你花了一整天的时间来整理房子，收起反正面都已经用脏的床单，那些从未合上的书也第一次有了休息的机会，你首先要让那张吱吱哑哑响的床变得尽可能舒服；你为将要枯死的仙人掌浇水，为灰尘蒙面的窗子拂拭灰尘，将那些从没有洗刷过泛着浓重黄色污垢的茶具泡在清洁的水中，然后你独自到公共浴室洗干净身体，换上很久没有替换的干净内衣；在回来的路上，没有忘记买一束鲜花，尽管不知道它的名字；没有忘记买一瓶红色的葡萄酒，尽管不知道它的品质。

一切都按照计划中的美妙顺利进行。你和她终于都赤裸着躺在那张尽量舒适的床上。没有什么羞耻，你们已经习惯这样对视。你们都很有耐心，都很从容，都懂得怎样延长这短暂的快乐。一点点接触有一点点接触的快乐，一个区域的接触有一个区域的快乐，整体的纠缠扭结有整体的快乐。你们就这样很有秩序地享受这些不同的快乐。你忘记了这是否符合你一贯的快乐的标准，你忘记了这是否真的就是尔所需要的快乐，但你没有忘记这也是快乐的一种；它那么节制，那么文明，那么不逾法度，那么绅士淑女，具有温和整齐的节奏和柔和统一的幅度，以及爵士般的音乐性；所以你心满意足心安理得地享受着这份快乐。

忽然，整个快乐链条的一小节出现故障，你们都同意暂时停止，共同检修一下。

"你没套避孕套？"她说。

"没有吗？"你看看自己下面，"还真没有。"

"你怎么可以这样？"她有些不高兴了。

"这样不更好吗？"你说。

"我不喜欢意外。"她总是这样，异常情况下有异常的冷静。

"我可以保证没事。"你举手保证。

"你怎么保证？"

"我保证在出现情况之前将情况解决在外面而不是里面。"

"你已经保证过多次，可我不能再次上当了。"

"那怎么办？"你想起以前送她去医院的情景，焦虑袭来，下面急剧缩软下去。

"不是还有两个没用的吗？"她的记性很好。

"是啊，"你一边附和一边焦虑，"可我忘记放在哪里了。"

"找！"她从床上直起身体，像是下定一个决心，又像下定一个命令。

你们两个开始翻箱倒柜找那两个破坏兴致的东西。

"你难道不记得原先放的位置了吗？"她问。

"原先的位置当然记得，可是我今天收拾屋子，原来的秩序全乱了。"

"你闲着没事收拾什么屋子啊！平时不收拾，关键时刻来捣乱，你成心嘛你！"她要发火了。

"我难道不是为了今天晚上更美好才这样的吗？"

"美好个屁，没有避孕套，你他妈就干熬着吧你！"她真发火了，粗话都出来了。

你们重新将屋子搞乱，重新将合上的书展开，重新让它们随意飞舞到床的任何一个地方。你们翻出那堆很久没洗的衣服，企图在里面找到那失踪的玩意。

"这不是你一直寻找的那本书吗？"她问同样焦躁的你。

"啊，是啊，《流动的圣节》，我找了大半年了，它怎么会在这里。"你有些兴奋。

"这不是你那篇写了一半就丢失的小说么？"她又有新发现。

"啊，是啊，《袭击理发店》，他怎么跑到我的拖鞋里去了？"你又兴奋一次。

"这是什么？"她挑起一条红色细纱的小内裤。

"内裤啊。"你说。

"谁的？"

"除了你的，还有谁的啊。"你肯定地回答。

"我怎么不记得？"她继续怀疑。

"你大概忘记了，那次你过生日，我送你的生日礼物，但你只穿了一次，就再也不知踪了。"

"真的吗？"她开始甜蜜回忆，似乎真的想起那个美妙的夜晚，"我们那次做得多好啊！'她已经情不自禁。

"是啊。"你说，"那次我们同样做了充分的准备。"

"可是，就是因为没有避孕套——"她又一次愤怒起来。

你暂时不想再安慰她，因为你知道，这个晚上，找不到那两个失踪的避孕套，怎样的安慰都是徒劳。作为一个袭击小说家，你在她的面前，丝毫不能有一丁点袭击的欲望。

在巴黎，当虚假的春天来临的时候，小雨静静下了一夜，第二天早晨，湿漉漉的路面照例变得干燥起来；住在勒穆瓦纳红衣主教大街 74 号顶层的海明威早早起床写作，而她酣睡的妻子照旧酣睡不醒，在此之前，他已经为他亲爱的邦比先生烫好新鲜的牛奶，并且为自己买好一份赛马的彩报。他要完成自己预定的工作，然后去赛马场好好享受一下春天，或者到丁香园咖啡馆，去和一些有趣的人喝酒。这正是你向往的生活。春天的城市，常常使你以为自己就是处在二十世纪初的巴黎，你可以忍受饥饿的锻炼，到花园路 27 号拜会古怪的格特鲁德·斯泰因，或者到西尔维亚·比齐的莎士比亚图书公司借书，顺便看看有没有稿费或者退稿信，或者到埃兹拉·庞德的寓所，去参加那里的沙龙，你可以碰到瞎着眼的乔伊斯和另一个初次见面就想打架的朋友，他们正商讨帮助 T. S. 艾略特出版《荒原》的事情，他们计划成立一个基金，而你恰好在场，恰好收管那份基金，最后却被你在一次赌赛马的时候全部赔进去；或者，你哪里也不去，只沿着美丽的塞纳河散步，观察沿岸的人们，顺便到博物馆去看塞尚的画，你可以在那里长久站立，直到错过吃中饭的时间。焦虑，是与你无关的；焦虑，只属于那些失败和不断遭受挫折的人。

可是，这个城市并不是二十世纪初的巴黎，你也不是海明威。你总是焦虑，而焦虑从早晨的第一声闹钟开始。所有的书都处在打开的状态，它们大概再也不能合上，每天，你这条疲惫的身躯都要在它们上面碾来碾去，做一些恐怖的梦肮脏的梦淫秽的梦。写作，变成一种类似吸毒的消遣，而你总是兴奋那么一小会儿一小会儿，很快仍是萎靡萎靡。你总是在问自己这样一个糜烂的问题：我这样做究竟值得吗？我追求的难道不是现世的幸福与快活吗？我不是信奉他妈的享乐至上吗？那我为什么还要在这样猥琐的地方过着猥琐的生活，我为什么不重新选择新鲜生猛的方式？如果吸毒能够带来直接的快感，那我为什么还要走弯路，到这些王八蛋的字里行间去搜寻毒药？你总是这样矛盾，忧郁，优柔。兴奋和胆怯同时作用于脆弱的心脏，呼吸紧促不安，一边为自己天才的构思而迷狂，一边为这些超乎极限的可怕欲念惊悚，一边又为自己敢想不敢做的怯懦羞愧。无数次在灵魂的纠缠与袭击中眩晕。

你决定到浴室去，至少去看看，真正的浴室是否符合自己小说中所说的标准。你知道自己为它呕心沥血，而到头来却遭受老家伙的指责；你不顾廉耻到大街上去兜售自己的小说，却遭到读者的袭击。你忍辱负重，写了这么多独创的袭击小说，仍然不能摆脱日本人的阴影；你精心建构的小说模式和创作规律到别人那里都是一文不值；你所以为的文本实验，走到今天却被时代远远抛到了后面。即使不是为了印证自己的真理，让那滚烫滚烫的热水把自己从头到脚浇淋个透也是值得的啊，也许会清醒，自己说服了自己，承认所有的失败；也许会继续执着，更加坚定自己的道路，让那些冥顽不化的人误读自己的冥顽不化。

真的，当你看见那个青年手执一把菜刀和一个老人对话的情景时，你应该感到惊喜，这正和你小说中描写的一模一样。你就是要让那个双眼失明的老家伙荒诞地死在一个无畏青年的手中，而他遭受袭击的原因恰恰是因为老家伙竟然不知道世界上还有人在写一种袭击小说。更加可悲的是这个小说的内容恰恰描写了老家伙自己的死亡。他终究要死，但死得却是这么可悲；他有机会拯救自己，但当预言摆在他面前时，他选择了犹豫。一个老者对年轻人的犹豫是危险的。

在空荡荡的浴室里，所有的喷头都停止了喷水，蒸汽正慢慢散去。

手拿菜刀的年轻人正与年老的批评家互相提问。

两具赤裸的男性身体形成鲜明的对照。

深夜旅行

这些铁路边上的小店都是临时搭建的，又低又小，比防震棚好不了哪儿去。矮桌矮凳胡乱排着，没有人吃饭。地上蹲着一台黑白电视机，体积小，动静大，吱吱地响，图像却分外清晰。门口站着三个年轻人，一个男的，两个女的，低声谈笑；在我挑一个比较满意的座位坐好之后，其中一个女的给我做饭去了；另一个继续和那个男的说话，她总是东张西望，心不在焉；男的高个儿，白脸，很瘦，穿着一身干净的军黄色制服。

女孩从里间端出一盘小菜和一瓶白酒，放在一张小桌上。男孩走过去，咬开瓶盖，咕咚咕咚地喝。他不怎么吃菜，那瓶白酒很快就下去一半。倚在门框上的女人，依然眺望着黑黢黢的外面，不知道她能够看见什么；有时她会回头向男孩瞄上一眼。那个男孩总有一种不属于他的表情和动作。

热汤面，一定是漫长的，像它自己的身体一样漫长。在它漫长的诞生过程中等待的人百无聊赖，不知道应该将闲散的眼睛放在哪里才舒服；哪怕有一只苍蝇飞来也好啊，至少我的眼睛可以专注地去做一件能吸引它做的事情，然而这又是冬天——正当我为它的无所事事发愁的时候，它捕捉到一点秘密的蛛丝马迹——我注视男孩的时候，男孩却在看门边上的女人，而门边上女人的眼光却偷偷向我这边扫；当我迅速向她那边转移警惕的目光时，她则同样警觉地将眼睛再次抛向门外的黑暗。男孩邀请门边上的女人喝酒。他的表情和动作虽然夸张和矫饰，但仍然真诚。不过那个女人只是摇头，眼睛再次飞快地从我身上掠过去。男孩的眼睛又转移到我身上。"一个人喝酒很没劲的。"他说着，已经将自己的酒菜全部端到我的桌上。

"你是走远路来的，我看出来了。"男孩倒满一杯，给我端了起来。他端酒的动作有讲究，虽然不知道是什么讲究，但一定是他很在意的那种讲究。从他的衣着不难判断他的身份——一个保安员或者警卫——而他刚才端酒的动作就像曾经接受过这种专门训练一样。男孩再次招呼那个女人，女人的眼睛向我这边看，似乎有些羞怯，但没有坚持继续眺望黑夜。互相客气地询问了一些兄弟哪里发财之类的话题之后，我们肆无忌惮地喝起酒来；我们开始为一些并不可笑的笑话而大笑不止。那个女人一边不嫌絮叨地劝我们少喝，一边并不间断地给我们倒酒；她很喜欢这个工作。

"我端酒的时候大家都得端，我干的时候大家都得干，他妈的，我干的时候谁不干，出门就让车撞死！"男孩不惜以诅咒的形式来鼓励我们喝酒。他的舌头虽然开始刹不住车地打卷儿，但还是坚持断断续续地讲他的故事。他不断地讲下去，不断地重复每一句说过的情节，有时候讲着讲着又回到开头；我只好不断提示他已经讲到了什么地方。大概他的故事是比较悲伤的，他在叙述的过程中伤心地哭起来。

冷风推门，大雪扑进屋内的硬地上，刹那一片白。进来七八个人，一例军大衣，杂乱地跺脚，拍打身上的积雪，咒骂恶劣的天气，绕过我们的桌子，径直向最里面的一个小隔间走去。我和男孩继续喝着，劣质白酒像无味的凉开水一样滚过我们的舌尖。他好久没有说话，这一阵的沉默直到他再次开口的时候我才察觉。

桌边站了一个人，穿着军大衣。他肯定已经站了好一会儿，但男孩刚刚才注意到他的存在。

那人叹了一口气，拍拍男孩的肩膀，说："老九，别喝了，回去睡觉吧。"

男孩说："老大，是不是七哥回来了；过一会儿我进去敬酒啊。"

老大又叹了一口气，说："不必了，你还是回去睡觉吧。"

男孩问："英子也一起来了么？"

老大抬眼瞅了这个男孩一会儿，仿佛肚子里有天大的笑话终于憋不住了，"嗤"的一声笑出来。他只得依靠拼命地点头来掩饰失态，说："好吧，好吧；你还是赶快走吧，越快越好。"

男孩指着我和那个女人说:"这是我新认识的朋友。"

老大忽然挣开他那双一直没有睁开的眼睛,仔仔细细打量我和那个女人,显出琢磨不透的神情,"唔唔"地应承着向里间退去。

男孩重新坐回位置上,端起酒杯。又是一阵沉默。

旁边的女人趁机问我一些问题。她问我从哪里来到哪里去,我告诉她我是旅行者,正做无目的的旅行;她很关心我有没有落脚的地方,我也告诉她随便哪里温暖干净的地方都可以;她于是向我推荐一个旅店,我也满口地答应下来;她于是如释重负,忽然要和我喝酒,我便和她一起举杯。忽然之间我感到极度的乏味,我开始厌倦这种敷衍潦草的喝酒方式,我开始后悔刚才没有好好倾听那个男孩的故事,我开始渴望一种揪心的痛感或者模糊的忧伤来为这无聊的醉酒助兴,我试着为盲目的旅行开展一次自恋式的幻想——

在光影黯淡的傍晚,盲目的旅人行走在陌生的城市。我的朋友一定在某个地方等我。她一定是在温暖的咖啡厅,听着忧郁的蓝调,纤细的手指无意只地搅动那把小勺,双眼望着某个地方,但眼光是发散的;她一定穿了一件黑色的长裙,涂了酒红的唇膏,周身散发出秘密的香气;她一定叼着一只细长的香烟,百无聊赖地撮弄着卷发。她偶尔转身招呼侍者,侍者会给她换一杯无色透明的酒,我当然猜不出那酒的名字。我的朋友一定在某个地方等我。她一定是在温暖的客厅里，看着无聊沉闷的电视剧，纤细的手指下意识地胡乱摁着遥控器，双眼盯着宽大的屏幕，但眼光一定是发散的；她一定穿了一件米色的睡袍，清水洗掉满脸的颜色，周身散发出慵懒疲倦的气息；她一定随便磕着手里的瓜子，煞有介事地看看身边的电话机，她偶尔转身到厨房里去，看看冒着蒸汽的高压锅，我当然猜不出里面究竟煮着什么。我的朋友一定在某个地方等我。她一定从温暖的屋子里跑了出来，在我们约定的那个地方。她一定站在那里，双眼定定地望着马路中央的一块石头，来往的车辆匆匆从石头的上面滑过，却没有一个轮子真正碾过它；她一定没有看见那块石头，虽然她就那样专注，她的睫毛上粘住零星的雪珠，好久不肯融化；她脸上细细的绒毛在霓虹灯遥远的映衬里，闪出亮晶晶的光影；她定定地站在那里，双脚偶尔跺两下，她或许等得有些不耐烦，或许真的有点冷，但她还是在那里等着，我当然猜不出，她等的人究竟是谁。

——隐隐一阵阵争吵的声音，把我从冥想中唤醒。我重新端起酒杯寻找男孩，发现座位已经空了。我以询问的眼光看身边的女人，她却示意我安静，好仔细倾听隔间里的动静。

隔间的门哐当一声被踢开，男孩静静地从里面出来，后面还跟着一个人。

"是个姑娘。"女人小声地嘀咕了一句。真是个姑娘，在军大衣的包裹里，我看见她嘴唇上极为俗艳的那道鸡血似的口红。

"他流血了。"女人小声在我耳边嘀咕。他真的流血了，从男孩的浓密的头发下面，秘密地渗出一道顺着耳鬓往脖颈上爬行的鲜血。

男孩牵着女孩的手，来到我们桌前，"这是英子"，他介绍完后，硬拽着姑娘的手向外面走，伴随着酒瓶在地面上跌倒破碎的声音。

他俩走出屋子。

一列火车奔跑过来了。屋子开始发抖，屋顶的石棉瓦震落了。外面的雪静静地飘，似乎没有风，但风依然很大。女人走到门口，向外张望，和她喝酒之前倚在门框上的姿势一样。所有的灯都灭了。突然有一种紧张的力量将女人拽出门去，她像疯子一样，冲进大雪飞扬的外面。而更多的人从隔间里跑出来。我也跑出去了，只是小腿骨在奔跑中一阵阵发软。

火车狼一样嚎叫了一声。铁轨下面，男孩从地上挣扎着爬起来，向路轨另一边的人去，两个人似乎在扭打，又似乎在亲热。那些军大衣跑得很快，提着凳子或者空酒瓶。一个黑影扯起男孩的头发，将瓶子照着他勾脑门砸下去。更多的黑影涌过去，只能看见一堆挥动拳脚的影子，只能听见嘈杂的咒骂的声音。我也不知道哪里来的勇气，随便找了一个脑袋打……

冰冷的积雪让我清醒过来，那个女人已经扶起了仍然昏迷的男孩。

茫茫雪地，泥泞的铁轨旁边，只有我们三个。

我和女人架起这个孩子，沿着路轨，往前走。

只有女人知道该往哪里走。

"这是你向我推荐的旅店吗？"

铁路边的小屋，和那个小饭店一样简陋。有床，有桌子，桌子上有一台小电视。床头有一个柜子，柜子旁边有一个活动圆桌；为节省空间，圆桌竖起来，倚在那个床头柜上；门的另一边是蜂窝煤炉。

我们将昏迷的男孩撂在床上。女人把炉子打开，不一会儿，屋子变得很暖和。

我企图叫醒那个男孩，但他除了还喘着微弱的气息，已经和死没有两样。

"烧点热汤面吃，你就不会冷了。"女人说。

"我已经不冷了。"我说。

"在屋里肯定是不冷的，但你一出去，一走到外面去，你就会知道的。"

我喝完热汤面，男孩还没有醒，但我不打算再等他。

女人送我出门，塞给我一瓶酒："你真的不肯在这里住一晚上么？"

好像有人在天上吃力地拽着缆绳，堆满整个天空的大雪摇摇欲坠；不知道什么时候，绳子会忽然松开或者断裂，劈头盖脸的大雪将砸向这个模糊而坚硬的世界。寒冷真是一种奇妙的感觉，对兴奋的人来说，它或许是新鲜的刺激，而对失去方向的旅行者，它代表记忆中的温暖。这种温暖随着寒冷中飘荡着的炭火的烟气、人们交谈时呼出的热烘烘的口气，将他们带回到遥远的不确定的时空交错中。这样混乱的交错和刹那的空白使他们想不起任何正在想和想要想的东西。

窗玻璃上满是水汽，几个人影湿漉漉地映在上面。里面看来很热闹，像皮影戏一样热闹，有粗的咳嗽和细的笑声。我正准备敲门，那门却被剧烈地拉开了。一个红脸庞的女孩，斜着肩膀，脸朝着屋里，细细地笑。我只能看见她的半张脸，红的，施了些粉，那些粉粒亮晶晶地挂在腮边翘起的一层细细的绒毛上。她回头看见我，吓了一跳。"你找谁？"女孩吓得重新跑回屋里，几个男的走出来，凶恶地质问我。"我找……"他们立刻发出狂暴的笑声，他们的脸笑得那么扭曲，我想我一定是说了一句很滑稽的话。

我确实感到了冷，冷得那么突然，冷得那么坚决，冷得我赶快向前继续走。前面的灯火越来越寥落，前面的黑暗越来越坚固，就好像从最深的水底向水面浮游，越往上浮水越黏稠，直到游进坚固的冰的里面。

停电大楼

通体透明的最高建筑消失在雨夜，超级都市顿时失去一颗光彩照人的眼球，只剩下溃烂的眼眶和一张满目疮痍的丑脸。整座城市为大楼的消失紧张万分，市民因为恐慌与焦虑走上街头，抗议这个可怕的景象。人们不能想象一个失去眼球的城市和夜晚。然而，停电后的大楼异常安静。一切设施虽陷入停滞，仍井井有条。

6 层第 10 格

练习小号的少年依然在阳台上，吹奏他那首十年都没有练习好的《快乐的小鞋匠》。这个孩子仿佛一出生，手上就有一把小号；还在吃奶的时候，就在童车里吹奏这支曲子。从一个单调的音符到一支完美的旋律，楼下所有经过的市民都已经能够随口熟练而美好地哼唱出来，而他依然吹奏得磕磕绊绊。

他的号声在下午五点准时响起，十年以来一贯如此，没有任何事件能够打破这一切。在这个时间里，你只能看见孩子一个人，来到阳台，吹奏，自我纠正，吹奏，然后离开。即使是这个停电的夜晚，他的小号也没有被打断。深夜十点，练习正常结束的时间，他结束了练习。这时人们常常会放松发紧的头皮，叹一口气，说，好了，他终于要睡觉了。

但孩子回到卧室，还有另一份工作。他从床底拿出一把小铁锤，开始叮叮当当敲那把小号。他先把长长的吹管与小号的喇叭头从中间慢慢敲断；再分别将吹管敲瘪，敲成细细的金属条，将喇叭头敲扁，敲成一个圆圆的金属片；然后用一把电烙铁，将长长的金属条和圆圆的金属片焊接成捕捉小动物的夹子；最后，将这个夹子小心地放在床底。十年来，从他学会制作这样的夹子以来，他每天都按照这个程序制作一个。如今，在床底，到底有多少这样的夹子，他恐怕自己也数不清了。十年来，到底有没有小动物被夹子俘虏过，他自己也不清楚，因为他从来没有将脑袋探到床底去看一眼。停电的晚上，孩子按照既定程序做着这一切，忽然发现电烙铁不再露出它红红的舌头去舔舔行将完成的杰作。在黑暗中他只是发了一忽儿呆，便一下子钻进了从未涉足过的床底世界。

21 层第 12 格

鹦鹉学舌：大楼停电了，停电了，电视没得看了，电脑没得

玩了，电梯没得上了；你看不见我了，我也看不见你了；你上也
上不来了，我下也下不去了；我们没得干了，没得干了；只有睡
大觉了，睡大觉了；懒虫上天堂了，上天堂了。

17 层第 11 格

　　每当风烛残年的庄太太坐在宽大卫生间的恒温马桶上时，她
的五官实际上就消失了。她的嘴巴像两瓣枯黄的银杏叶一样脱落，
鼻子像紫砂壶松脆的壶柄一样断开，一双眼睛，浑浊得像两颗将
要碾碎融化的咖啡豆，沉淀在日益深陷的眼眶深处，日益垂落的
长眼皮很小心地保护着它们不流淌出来。她的整个面孔，像那种
正在无限挥发着刺鼻气味的浓硫酸，也陷入一种混沌状态。在她
独立的卫生间里，在她伸手可及的那面墙上，是一个小型的书架；
书架上规规矩矩，满满当当排列着的是她有生之年所写过的书、
日记和相册。她近来已经不去翻那些自己也看不懂的书和日记了，
她开始留意自己的青春，像浓硫酸一样挥发掉的青春。每当拿起
任何一本相册，她都有说不出来的喜悦和酸楚，尽管有时候她都
不知道相册上的人物究竟哪个是自己；也有的相片，虽然明明白
白是自己的身影，但面容却毫无道理地模糊了。直到停电那一刻
来临，她惊奇地发现，手里的相册竟然放射出何等明亮的光彩，
而那些模糊的面容竟也渐渐清晰。她努力掀开垂落下去的长眼皮，

一些浑浊的咖啡色的东西流淌出来。

不过，此时隔壁号房里的庄教授却愤怒万分，突然的停电使他的电脑停止了工作，他恰好还有几张绝色美女图没有下载完毕……

8 层第 5 格

布娃娃对和自己一模一样的小公主说："王子要娶的人是我，而不是你。"

10 层第 9 格

他今天没去上班，没接任何人的电话，没开着那辆凯迪拉克到郊外的别墅去看自己的大电视，没把漂亮的女秘书叫到家里来喝茶，也没跟远在韩国的老婆发色情邮件。他什么都没干，财务报表昨天胡乱塞进皮包里，现在那个皮包已经堵了马桶；连续三天的股市交易也没有去瞄上一眼，三个集装箱的库存积压在仓库里，港口传来消息，另外两个集装箱已经在深海随着那艘商业巨轮沉没。

他在床上躺了一整天，最初是因为下雨，懒得出门；然后雨越下越大，他干脆关闭所有的通信设备，在床上睁着眼睛。然后天黑了，然后停电了，然后他猛然感到不适应。一个人一整天在一间大屋子里没有说一句话没有动一次手指没有翘一次阴茎是非常可怕的事情，所以他拿起手机，想随便给谁打一个电话。他试着清醒过来，发现自己处在一个多么陌生的地方。这间住了五年的房子，还是赚取第一笔利润时奖赏自己的，然而，五年来的第一次停电，他竟然在里面迷路了。没有蜡烛，没有手电筒，打火机在公文包里，公文包在客厅的沙发上，但是客厅应该怎么走呢？房子的格局五年来竟然还没有完全掌握，厨房常常被当成卫生间来使用。从卧室到客厅对他来说是一件无法通过想象和直觉来确定路线的事。在床上，不能移动，不能探下自己的双脚到地板上去，他不信任任何时候的黑暗，只好拨弄自己的手机。

对不起，您所拨打的用户已关机。

对不起，您所拨打的用户已经欠费停机。

欢迎您用 1258 短信留言。

您所拨打的手机暂时无法接通，请稍后再拨。

您所拨打的手机暂时无人应答。

谢谢拨打欢乐今宵信息台，请按 * 号键选择您熟悉的女孩聊天。

这里是超级都市防暴支队，请按分机号，查号请拨零。

喂，找谁？打错了。

喂，谁啊？打错了。

喂？你他妈有病啊，告诉你打错了打错了你怎么还打啊。

亲爱的朋友，你真有买凶杀人的念头吗？请找我吧，兄弟我在杀手行里是活儿做得最漂亮信誉最好的，不信您可以四处打听。

他张了张嘴巴，电话就断掉了，耳边只有一长串刺耳的忙音。一句话也没说出来，他将手机狠狠砸到地板上。隔壁电话突然响起，他疑惑地从床上跃起，双手扶着墙壁，试图在铃响结束之前拿起隔壁的话筒。

"你好吗？"一个哀怨的女人。

"今天我读了薇塔的新书。薇塔说，真正爱情的完成是两个人一起死。我不会为他死，正如你也不会为我死。薇塔还说，杀死自己的爱人同样也是对爱的完成，但我不能杀他，因为我不爱他；你也不会杀我，因为你已经不爱我了。薇塔又说，在杀死自己爱人之前告诉他你的计划，才是光明正大的爱情。我今天打电话就是要告诉你这个。"

电话戛然而止，接着响起敲门声。敲门声平和而持续地响着，正如刚才的电话铃声一样，既不陌生也不熟悉，既不急躁也不厌倦。在这个长久的敲门声里，他曾经两次到达那个门，但都没有打开；不是没找到门的把手，就是忘记了钥匙。而敲门声刚好在他第三次摸到门把手的时候停止。

他打开门，仍没想起那个电话里的女人究竟是谁。

20 层第 5 格

一对新婚不久的人，无比幸福地生活着。一起幸福地做饭，一起幸福地吃晚餐，一起幸福地懒于收拾晚餐后的残局，一起幸福地收看黄金时间段的韩国电视剧，一起幸福地为电视剧的男女主人公唏嘘着，一起幸福地为彼此的爱慕讨论着；或者一起幸福地阅读从单身朋友那里借来的色情小说，一起幸福地收看从街头小贩那里买来的色情影碟。这时，停电了，于是他们一起幸福地做爱。

3 层第 18 格

他有过很多理想。作家，解放军，科学家，人民教师，水管工，飞行员，邮递员，或者类似香港尖沙咀挂着很多手机的皮条客。但二十五岁时他的正常工作是幼儿园校车驾驶员。他还有一个爱好，就是阅读当天的晚报，寻找一些有趣离奇的消息。比如，一个孩子在喷泉上玩耍，屁眼被喷泉的高压水柱撕裂；比如，一个女孩患了头疼病，一拍片子，原来她脑骨里有四枚绣花针；比如，女孩吃了"哥哥"一块糖，被"哥哥"带到没人的地方，捆绑起来，"哥哥"拿木棍戳女孩的下体。他还谈过一个女朋友，但很快就分手了。

这天下了很大的雨，他照例开车送孩子们回家，在路上，看见一个和自己的女友一样的背影，正在大街上和一个男人接吻；他们都没有打伞，也没有穿雨衣，湿淋淋的，抱得那么紧密。他看了一会儿，继续开自己的车；开到最后，车上还有一个小女孩。他把女孩带回家，给她积木玩，给她布娃娃抱，给她巧克力吃。他在旁边看着小女孩的一举一动，手却伸进自己的裤子。

这时，停电了。

25 层第 13 格

陌生人坐在身边。

薇塔从睡梦中醒来，这是停电前第三个小时；而她上次入梦是在前一天的午后。那个时候，她刚刚完成自己又一部作品，出版商的电话长久地在耳边歌唱。现在她容光焕发，雨夜的悠闲，正好可以喝酒，听轻音乐，和陌生人聊天。在停电那一刻，薇塔正向陌生人讲述瞬间编织好的故事，被捕鼠夹子钳住的小号手，在床底变成一具被人遗忘的布娃娃；而阳台上的号声依然准时响起，老鼠在房间里跳舞，生殖，为被钳住的孩子吹奏《快乐的小鞋匠》。

陌生人看不到薇塔的面孔，在地板上，薇塔的身体散发出幽暗的荧光。她需要一只陌生的活塞，陌生的活塞能使她唤起某个毫无意义的记忆；这种记忆不在阴道的梦中，就在任何一只活塞的机械运动中。在一个管道交错的房间，失控的高压水泵正往密集的管道里压水。这些管道密集交错，你不知道它最终通向哪里，你不知道它究竟有多少交错的节点，它们扭曲盘结，稀奇古怪，像一条无所不能的蛇从这里探入深处，又从那里深处探出，你还不知道在这中间，它的身体又是怎样的扭结，它究竟多少次从你身边阴险地爬过。也许，这些表面各行其是的管道最终都消失在一个地方，然后又从这些地方开始延伸；也许这些管道真的并没有什么出口，所有水压的方向最后又都指向高压水泵自身。管道的管身某些部位发出爆裂的声音，管道上的各种阀门终于松动，一些螺丝从螺母中喷薄而出，像一颗小型的子弹射向天花板；螺丝松动脱落之后，就是阀门的舞蹈了。先是一只阀门被高压的喷泉冲离管道，在汩汩的喷泉里上下翻飞，接着更多的阀门变成激情肆意的喷泉，喷泉舞蹈越来越疯狂激荡。高压水泵似乎有无休无止的力量，瞬间的衰弱预示着更长久的勃起。最后管道里所有的水都已沸腾，蒸汽终于在高压下产生。

陌生的阳具完成薇塔发自阴道的记忆，他们开始平静的呼吸，互相观察和熟悉。黑暗的房间，窗外的雨夜更加黑暗。彼此没有谁的眼睛放射出光芒，谁也不能看到对方，只能凭借经验知道对方还在对面；对方还在对面吗？彼此不能肯定。长久凝视，陌生的轮廓带来陌生的无聊。

"我们可以做个陌生的游戏。"一阵平静之后，薇塔提出更好的建议。薇塔跪在地板上，两只胳膊撑住前倾的身体，屁股后翘，脖颈梗直，脑袋像个麻雀那样紧张而活泼地四处探望。她说："我们一起学小狗叫吧。"陌生人跪在她的对面，抽动着鼻孔在薇塔的脸上嗅来嗅去，嗓子里发出低沉的呜呜声。薇塔说："我们像两只小狗那样亲热一会儿吧。"

12 层第 20 格

一只猫和一只狗在打架。停电之后，为了躲避无比尖利的猫爪，狗跑到天花板上继续挑衅。

16 层第 35 格

狮子终于等到这一天。它终于可以自由地在大楼内散步。

从非洲草原开始的征服之梦，到现在已经完成。它曾徒步穿越撒哈拉大沙漠，征服了伟大而促狭的狮身人面的魔鬼，让他为有一张人的面孔付出变成石头的代价；然后跨越红海，足迹踏遍荒凉野蛮的波斯帝国，亲手毁掉象征人类欲望的巴比伦塔，并且教会他们互不理解的语言和手势，让他们在不断的战乱中渐渐听从自己的意志；然后从特洛伊登船，在地中海诸神的谈论中，留下恐怖的阴影，沿着拿破仑的足迹，在欧洲的每个城市与乡村展示一个帝王的威赫。当它逼近俄罗斯广袤的土地时，遥想忽必烈的光荣，似乎蒙古人的血液灌注体内，奔腾跳跃，用曾经翻越过阿尔卑斯山口的脚翻越乌拉尔，那里，又一片广阔无边的草原将以家乡的热情与卑微来迎接这个远方的儿子和父亲。它还突破长城的阻碍，到达世界之巅，给那里的每座山每座寺庙每个村庄每个河流每个生灵都取一个名字，人们顶礼膜拜所有的命名，人们为世界之王的丰功伟绩高唱颂歌。

它最后顺从全世界的民意，称自己为世界之王，并且住进这个象征王位至尊的雄伟大楼。为了自己荣耀的光芒不至于刺伤卑微生命的眼睛，为了帝国子民的生活世代平和，它顺从全世界的民意，独自在皇宫里过着优游自在的生活，绝不走出宫门半步，绝不以隐者的身份去怀疑自己的伟大和万能。但皇帝为现代化生活的孤独乏味而苦恼，它时刻梦想着重游所有被征服的城市。这次偶然的停电真是天赐良机。黑暗，多么久违的黑暗，皇帝遥想当年，曾经多少次在黑暗中跋涉，地中海明亮的星光，喜马拉雅晶莹的雪光，都曾经指引着自己勇往直前。皇帝在乏味的黑暗中行走，不免兴味索然。世界已然如此和平，人民在黑暗中踏踏实实地睡去，自己又何必来扰他们的清梦呢？它还是要回到宫殿去，只是走着走着，在路上睡着了。

一束雪亮的天光从皇帝的头顶直射下来，周围忽然天堂一般明亮得刺眼。皇帝自己也通体透明。万民欢呼，口哨与颂歌齐齐奏响。他们是太想念我才这样疯狂的，它不无怜悯地这样想着。一个孩子在母亲的怀抱中睁大了眼睛。孩子指着皇帝说："这是什么怪物啊？"母亲张大了嘴巴，激动了半天，才说："这就是传说中的狮子。"疯狂的子民潮水一样向皇帝涌来，天堂的铁制栅栏无比安全地护卫着皇帝。皇帝为不能亲近子民而生气，运用十足的威严发出山崩海啸的怒吼，子民们回应它以巨大狂悖而连绵不绝的笑声。这轻薄的笑声使它打了一个冷战。

它从梦中惊醒，发现仍在黑暗中。皇帝宽容地忘掉梦中的不快，尽快向返回宫殿的路上走去。

不过，它迷路了。

16 层第 23 格

玩具恐龙复活，去完成一个使命。

1 层第 2 格

我被噩梦惊醒，打开灯，想在纸上记下这个噩梦，但是灯没有亮；我怀疑这还是那个噩梦的延续。

但我必须记住它。我睁大眼睛，努力回忆，但思想根本不能集中，老想猜测这是几点钟。

此时此刻，该有多少人同时在不同的床上做爱，他们的姿势五花八门，他们的声音也一定是千奇百怪。我还想上帝一定喜欢看见这个，他造出人的目的——给人一个自主运转的脑袋——一定就是想看到万花筒一样自己都想象不到的奇妙图景；而黑夜中，这样的图景对好奇心极强的上帝来说是多么不可思议啊！赞美上帝的创造力，上帝禁不住这样感叹自己。

噩梦，是关于火的故事。

我在一条黑暗的巷道中寻找要寻找的东西。一个神秘的老头儿坐在巷道拐角的石头上，我总是要经过他的身边，而他总是说，我就是火，你逃不开我，而我总能找到你。于是梦开始循环，我总是遇到他，他总是说这么一句话。我逃离了巷道，驾驶一辆黑色轿车，行驶在城市的车流中。在前面还有一辆黑色的轿车，通体发出黑色的光芒，没办法看见车里的人，好像那辆车里根本没人，是一辆无人驾驶的空车；又好像这车是饱满的，里面充满了黑色的液体，是这满满一车的黑色液体驾驶这辆车。我的车失去了控制，紧紧跟在黑车的后面。我放弃摆脱的努力，从香烟盒里抽出一根香烟，而它正自己燃烧着。我没有介意，又抽出另一根香烟，它也自己燃烧着，我仍没有介意，又抽一根，却发现整个烟盒已经燃烧起来。我的汽车也开始燃烧，而黑车却消失了。我从车里跳出来，向前跑。我跑向沙滩，沙滩燃烧起来；我跳进海里，海水燃烧起来。黑车再次停在我的面前，车门自动打开，黑色的液体流泻一地。液体自己燃烧起来。

我在尖叫中惊醒。望着窗外的平地，大水汪洋。

在雨中，窗外的平地上，一个男孩在歌唱，他身边的女孩在跳舞。男孩唱过许多支歌了，女孩还要他继续唱，而她还要继续舞蹈；男孩不知道怎么唱好了，女孩就让他胡乱唱，而她还要胡乱舞蹈。

警察在外面值勤，愤怒和焦虑的市民在远处抗议。

"停电了，为什么他们在里面和往常一样？"一个抱孩子的妇女愤怒地喊道。

"让我进去，我想看看里面究竟是他妈的怎么回事！"另一个抱孩子的妇女愤怒地喊道。

"楼里面究竟有没有人住？"又一个抱孩子的妇女发表自己的怀疑。

"我们没有停电，而他们却停电了，这是不公平的！"第四个抱孩子的妇女满腹委屈。

满大街都是抱孩子的妇女在游行。她们愤怒的声音和孩子的哭声在大雨的浇灌下声势壮观。

大楼的门已经无法打开。我焦躁地在屋里走来走去，走来走去；不一会儿，自己就燃烧起来。

29 层第 19 格

撅着屁股的猩猩博士贴在落地窗的大玻璃上，望着外面疯狂的暴雨，和暴雨中灯火辉煌的超级城市，以及下面聚集着的蚁群一样的市民，不禁叹道："我为我的建筑而骄傲。"

湖岸
Hu'an *publications*®

出品人＿唐 奂

产品策划＿景 雁 刘 会

责任编辑＿莫久愚

特约编辑＿刘 会

营销编辑＿黎 珊 李嘉琪

装帧设计＿王柿原

封面题签＿耿庆涛

内文制作＿常 亭

🐦 @huan404

📱 湖岸 Huan

www.huan404.com

联系电话＿010-87923806

投稿邮箱＿info@huan404.com

感谢您选择一本湖岸的书
欢迎关注"湖岸"微信公众号